레디메이드 인생

지은이 채만식

한국 근대 소설의 선구자.
사회 비판적 풍자 문학의 선구자로 평가받고 있다. 그는 사회의
부조리와 모순을 해학과 풍자를 통해 날카롭게 비판하며, 일제강
점기와 해방기의 사회적 문제와 인간의 삶을 깊이 있게 탐구하는
작가로 알려져 있다.
대표작으로는 「탁류」, 「태평천하」, 「레디메이드 인생」, 「치숙」, 「미스
터 방」 등이 있다.

현대문학 짧은 이야기 6
레디메이드 인생

초판 1쇄 발행 2024년 10월 30일

지은이 채만식
펴낸이 백광석
펴낸곳 다온길

출판등록 2018년 10월 23일 제2018-000064호
전자우편 baik73@gmail.com

ISBN 979-11-6508-630-5 (03810)

현대문학 짧은 이야기 6

레디메이드 인생

채만식 지음

다온길

서문

채만식의 소설이다.

짧은 이야기들을 모아 한 권의 책으로 내게 되었다.

채만식은 한국의 근대 소설가로, 풍자와 해학을 통해 사회 현실을 비판적으로 묘사한 작품들로 유명하다. 그는 일제강점기 시기의 모순과 부조리를 예리하게 파헤치며, 사회적 억압 속에서 살아가는 인간의 다양한 모습을 그려 냈다. 그의 작품들은 한국 문학사에서 중요한 위치를 차지하고 있으며, 「레디메이드 인생」은 그의 대표적인 소설로 잘 알려져 있다. 이 작품은 당시 한국 사회의 빈곤과 부조리를 생생하게 드러내며, 경제적 궁핍 속에서 살아가는 소시민들의 삶과 인간의 욕망을 탐구하고 있다.

채만식의 소설은 일제강점기와 해방기의 한국 문학을 사회적 비판과 풍자의 시각으로 전환시키는 데 기여하였으며, 그의 작품은 당대 사회를 직시하는 새로운 접근 방식을 제시했다고 평가받고 있다. 그의 소설은 인간의 내면과 사회적 현실을 깊이 있게 묘사하며, 독자들에게 강렬한 인상을 남긴다. 그의 작품에는 인간의 고통과 희망, 그리고 사회적 부조리를 직시하는 요소들이 두드러진다.

개화기를 분수령으로 고전문학과 현대문학으로 나누어진다.

현대 문학은 개인에 대한 집중, 마음의 내적 작용에 대한 관심, 전통적인 문학적 형태와 구조에 대해 거부하며 작가들은 정체성, 소외, 인간의 조건과 같은 복잡한 주제와 아이디어를 탐구하는 게 특징이다.

'역사를 잊은 민족에게는 미래는 없다'는 말이 있듯, 과거의 현대문학을 보면 오늘을 살아가는 우리의 모습이 투영된다.

차례

1장
레디메이드 인생

1

"뭐 어디 빈자리가 있어야지."

K사장은 안락의자에 폭신 파묻힌 몸을 뒤로 벌떡 젖히며 하품을 하듯이 시원찮게 대답을 한다.

두 팔을 쭉 내뻗고 기지개라도 한번 쓰고 싶은 것을 겨우 참는 눈치다.

이 K사장과 둥근 탁자를 사이에 두고 공손히 마주 앉아 얼굴에는 '나는 선배인 선생님을 극히 존경하고 앙모합니다' 하는 비굴한 미소를 띠고 있는 구변 없는 구변을 다하여 직업 동냥의 구걸(求乞) 문구를 기다랗게 늘어놓던 P. P는 그러나 취직운동에 백전백패(百戰百敗)

의 노졸(老卒) 인지라 K씨의 힘 아니 드는 한마디의 거절
에도 새삼스럽게 실망도 아니한다. 대답이 그렇게 나왔으
니 인제 더 졸라도 별수가 없는 것이지만 헛일삼아 한마
디 더 해보는 것이다.

"글쎄올시다. 그러시다면 지금 당장 어떻게 해주십사
고 무리하게 조를 수야 있겠습니까마는. 그러면 이담에
결원이 있다든지 하면 그때는 꼭."

이렇게 말하고 P는 지금까지 외면하였던 얼굴을 돌
리어 K사장을 조심성 있게 바라보았다. 그러나 K사장은
위선 고개를 좌우로 두어번 흔들고는 여전히 하품 섞인
대답을 한다.

"결원이 그렇게 나나 어디. 그리고 간혹 가다가 결원
이 난다더라도 유력한 후보자가 몇십 명씩 밀려 있어서."

P는 아무 말도 아니하고 고개를 숙였다. 인제는 영영
틀어진 것이다. '안녕히 계십시오' 하고 일어서는 것밖에
는 별수가 없다.

별수가 없이 되었으니 '네 그렇습니까' 하고 선선히 일어서야 할 것이지만 지금까지의 은근히 모시고 있던 태도에 비하여 그것이 너무 낯간지러운 표변임을 알기 때문에 실망이나 하는 체하고 잠시 더 앉아 있는 것이다.

"거 참 큰일났어."

K사장은 P가 낙심해하는 것을 보고 밑천이 들지 아니하는 일이라서 알뜰히 걱정을 나누어준다.

"저렇게 좋은 청년들이 일거리가 없어서 저렇게들 애를 쓰니."

P는 속으로 코똥을 '흥' 하고 뀌었으나 아무 대답도 아니하였다. K사장은 P가 이미 더 조르지 아니 하리라고 안심한지라 먼저 하품 섞어 '빈자리가 있어야지' 하던 시원찮은 태도는 버리고 그가 늘 흉중에 묻어 두었다가 청년들에게 한바탕씩 해 들려주는 훈화를 꺼낸다.

"그렇지만 내가 늘 말하는 것인데. 저렇게 취직만 하

려고 애를 쓸 게 아니야. 도회지에서 월급 생활을 하려고 할 것만이 아니라 농촌으로 돌아가서."

"농촌으로 돌아가서 무얼 합니까?"

P는 말 중동을 갈라 불쑥 반문하였다. 그는 기왕 취직운동은 글러진 것이니 속 시원하게 시비라도 해보고 싶은 것이다.

"허 저게 다 모르는 소리야. 조선은 농업국이요, 농민이 전 인구의 팔할이나 되니까 조선 문제는 즉 농촌문제라고 볼 수 있는데, 아 지금 농촌에서 할 일이 오죽이나 많다구?"

"저는 그 말씀 잘 못 알아듣겠는데요. 저희 같은 사람이 농촌에 가서 할 일이 있을 것 같잖습니다."

"그럴 리가 있나! 가령 응. 저."

K사장은 끝내 대답을 하지 못한다. 그것은 무리가 아니다.

그가 구직하러 오는 지식 청년들에게 농촌으로 돌아가 농촌사업을 하라는 것과(다음에 또 꺼내는 일거리를 만

들라는 것은) 결코 현실에서 출발한 이론적 근거가 있는 것이 아니었다. 그저 지식 계급의 구직군이 넘치는 것을 보고 막연히 '농촌으로 돌아가라' '일을 만들어라' 고 해 왔을 따름이다. 따라서 거기에 대한 구체적 플랜이 있는 것도 아니었던 것이다. 한편으로는 한 행세 거리로 또 한편으로는 구직군 격퇴의 수단으로 자룡이 헌 창 쓰듯 썼을 뿐이지. 그리하여 그동안까지는 대개는 그 막연한 설교를 들은성 만성하고 물러가는 것이 그들의 행투였었는데 오늘이 P에게만은 그렇지가 아니하여 불가불 구체적 설명을 해주어야 하게 말머리가 돌아선 것이다. 그래서 그는 떠듬떠듬 생각해 가면서 생각나는 대로 주워섬기는 것이다.

"가령 응. 저. 문맹퇴치운동도 있지. 농민의 구할은 언문도 모른단 말이야! 그리고 생활 개선 운동도 좋고. 헌신적으로."

"헌신적으로요?"

"그렇지. 할테면 헌신적으로 해야지."

"무얼 먹고 헌신적으로 그런 사업을 합니까? 먹을 것이 있어서 그런 농촌사업이라도 할 신세라면 이렇게 취직을 못해서 애를 쓰겠습니까?"

"허! 그게 안된 생각이야. 자기가 먹고 살 재산이 있으면서 사회를 위해서 일도 아니하고 번들번들 논다는 것은, 그것은 타락된 생각이야."

P는 K사장의 억단을 내세우는 것을 보고 속으로 싱그레 웃었다.

"그렇지만 지금 조선 농촌에서는 문맹퇴치니 생활개선이니 합네 하고 손끝이 하얀 대학이나 전문학교 졸업생들이 모여오는 것을 그다지 반겨하기는커녕 머릿살을 앓을 것입니다. 농민이 우매하다든지 문화가 뒤떨어졌다든지 또 생활이 비참한 것의 근본 원인이, 기역 니은을 모른다든가 생활개선을 할 줄 몰라서 그런 것이 아니니까요. 그리고 조선의 지식 청년들이 모두 그런 인도주의자가 되어집니까?"

"되면 되지 안될 건 무어야?"

"그건 인도주의란 그것이 한개 공상이니까 그렇겠지요."

"허허. 그러면 P군은 ××주의잔가 ?"

"되다가 찌부러진 찌스러깁니다. 철저한 ××주의자라

면 이렇게 선생님한테 와서 취직 운동도 아니합니다."

"못써. 그렇게 과격한 사상으로 기울어서야 쓰나. 정 농촌으로 돌아가기가 싫거든 서울서라도 몇 사람 마음 맞는 사람이 모여서 무슨 일을. 조국에 신문이 모자라니 신문을 하나 경영하든지 또 조그맣게 하자면 잡지 같은 것도 좋고 또 영리사업도 좋고. 그러면 취직 운동하는 것 보담 훨씬 낫잖은가?"

"좋을 줄이야 압니다만 누가 돈을 내놉니까?"

"그거야 성의 있게 하면 자연 돈도 생기는 거지."

P는 엉터리없는 수작을 더 하기가 싫어 웬만큼 말을 끊고 일어섰다.

속에 있는 말을 어느 정도까지 활활 해준 것이 시원은 하나 또 취직이 글렀고나 생각하니 입안에서 쓴 침이 고여 나온다.

복도에서 편집국장 C를 만났다. P는 C와 각별히 사이가 가까운 터이었다.

"사장 만나러 왔소?"

C는 묻는 것이다.

"아–니"

P는 거짓말을 하였다. 그는 지금 K사장을 만나 거절
당한 이야기를 하기가 어쩐지 창피하기도 할 뿐 아니라
또 전부터 C더러 K사장에게 자기의 취직운동을 부탁해
왔던 터인데 직접 이렇게 찾아와서 만났다고 하기가 혐
의쩍기도 하여 시치미를 뚝 뗀 것이다.

"아주 단념하오."

C자기에게 부탁한 취직운동을 단념하란 말이다. 그
러면 벌써 C가 K사장에게 이야기를 하였고 그 결과 일
이 틀어진 것을 P는 모르고 와서 헛노릇을 한바탕 한 것
이다. P는 먼저 C를 만나 보지 아니하고 K사장을 만난
것을 후회했다. C는 잠깐 멈췄던 말을 계속한다.

"어제 아침에 사장더러 P군의 사정이 퍽 난처하니
어떻게 생각해봐주면 좋겠다고 여러 말을 했다가 코 떼

었소 신문사가 구제기관이 아닌데 남의 사정이 난처한 것을 어떻게 하라느냐고 그럽디다. 하기야 그게 옳은 말이지만"

신문사가 구제기관이 아니라고 한다는 그 말이 P의 머리에는 침 끝으로 찌르는 것같이 정신이 들게 울리었다.

"흥 망할 자식들!"

P는 혼잣말로 이렇게 투덜거리며 C와 작별도 아니하고 밖으로 나와 버렸다.

2

P는 광화문 네거리의 기념비각(紀念碑閣) 옆에서 발길을 멈추고 망설였다. 어디로 갈까 하는 것이다.

봄 하늘이 맑게 개었다. 햇볕이 살이 올라 포근히 온몸을 싸고 돈다. 덕석같은 겨울외투를 벗어 버리고 말쑥말쑥하게 새로 지은 경쾌한 춘추복의 젊은이들이 봄볕

처럼 명랑하게 오고가고 한다.

　멋장이로 차린 여자들의 목도리가 나비같이 보드랍게 나부낀다. 그 오동보동한 비단 다리를 바라다 보노라니 P는 전에 먹던 치킨 카츠가 생각이 났다.

　창을 활활 열어젖힌 전차 속의 봄 사람들을 보니 P도 전차를 잡아타고 교외나 나가고 싶었다. 그러나 크림 맛을 못 본지 몇 달이 된 낡은 구두, 구기적거린 양복바지, 양편 포켓이 오뉴월 쇠불알같이 축 처진 양복저고리, 땟국 묻은 와이샤쓰와 배배꼬인 넥타이, 엿장수가 이전 어치 주마던 낡은 모자, 이렇게 아래로부터 훑어 올려보며 생각하니 교외의 산보는커녕 얼핏 돌아가서 차라리 이불을 뒤쓰고 드러눕고만 싶었다.

　마침 기념비각 앞에 자동차 하나가 머물더니 서양사람 내외가 내린다. 그들은 사내가 설명하고 여자가 듣고 하면서 기념비각을 앞뒤로 구경한다. 여자는 사진까지 찍는다.

　대원군이 만일 이 꼴을 본다면. 이렇게 생각하매 P는 저절로 미소가 입가에 떠올랐다.

3

대원군은 한말(韓末)의 '돈키호테'였다. 그는 바가지를 쓰고 벼락을 막으려 하였다. 바가지는 여지없이 부스러졌다. 역사는 조선이라는 조그마한 땅덩어리나마 너무 오래 뒤떨어 뜨려 놓지 아니하였다.

갑신정변(甲申政變)의 싹이 트기 시작하여 가지고 한일합방의 급격한 역사적 변천을 거치어 자유주의의 사조는 기미년에 비로소 확실한 걸음을 내어 디디었다.

자유주의의 새로운 깃발을 내어 걸은 시민(市民)의 기세는 등등하였다.

"양반? 흥! 누구는 발이 하나길래 너희만 양발(班)이라느냐?"

"법률 앞에서는 만인이 평등이다."

"돈. 돈이 있으면 무어든지 할 수 있다."

신흥 부르죠아지는 민주주의의 간판을 이용하여 노동자 농민의 등을 어루만지고 경제적으로 유력한 봉건귀족과 악수를 하는 동시에 지식계급을 대량으로 주문하였다.

유자천금이 불여교자일권서(遺子千金不如敎子一券書)라는 봉건시대의 진리가 자유주의의 세례를 받아 일단의 더 발전된 얼굴로 민중을 열광시켰다.

"배워라, 글을 배워라. 지식만 있으면 누구나 양반이 되고 잘 살수가 있다."

이러한 정열의 외침이 방방곡곡에서 소스라쳐 일어났다.

신문과 잡지가 붓이 닳도록 향학열을 고취하고 피가 끓는 지사(志士)들이 향촌으로 돌아다니며 세 치의 혀를 놀리어 권학(勸學)을 부르짖었다.

'배워라! 배워야 한다. 상놈도 배우면 양반이 된다.' '가르쳐라! 논밭을 팔고 집을 팔아서라도 가르쳐라. 그나마도 못하면 고학이라도 해야 한다.' '공자왈 맹자왈은 이미 시대가 늦었다. 상투를 깎고 신학문을 배워라.' 재등(齋藤) 총독이 문화정치의 간판을 내어걸고 골고루 학교를 증설하였다. 보통학교의 교장이 감발을 하고 촌으로 돌아다니며 입학을 권유하였다.

생도에게는 월사금을 받기커녕 교과서와 학용품을 대어주었다.

민간의 유지는 돈을 거둬 학교를 세웠다. 민립대학도 생기려다가 말았다. 청년회에서 야학을 설시하였다. '갈돕회'가 생겨 갈돕만주 외우는 소리가 서울의 신 풍경을 이루었고 일반은 고학생을 존경하였다.

여학생이라는 새 숙어가 생기고 신여성이라는 새 여인이 생기어났다.

이와 같이 조선의 관민이 일치되어 민중의 지식 정도를 높이는 데 진력을 하였다. 즉 그들 관민이 일치하여 계획한 조선의 문화정도는 급속도로 높아갔다.

그리하여 민중의 지식보급에 애쓴 보람은 나타났다.

면서기를 공급하고 순사를 공급하고 간이농업학교 출신의 농사개량 기수(技手)를 공급하였다.

은행원이 생기고 회사원이 생겼다. 학교 교원이 생기고 교회의 목사가 생겼다. 신문기자가 생기고 잡지기자가 생겼다. 민중의 지식 정도가 높았으니 신문 잡지 독자가 부쩍 늘고 의사와 변호사의 벌이가 윤택하여졌다.

소설가가 원고료를 얻어먹고 미술가가 그림을 팔아

먹고 음악가가 광대의 천호(賤號)에서 벗어났다.

인쇄소와 책장사가 세월을 만나고 양복점 구둣방이 늘비하여졌다.

연애결혼에 목사님의 부수입이 생기고 문화주택을 짓느라고 청부업자가 부자가 되었다. 그리하여 부르죠아지는 가보를 잡고 공부한 일부의 지식군은 진주(다섯 끗)를 잡았다.

그러나 노동자와 농민은 무대를 잡았다. 그들에게는 조선문화의 향상이나 민족적 발전이나가 도리어 무거운 짐을 지워 주었을지언정 덜어주지는 아니하였다. 그들은 배(梨)주고 속 얻어먹은 셈이다.

인테리. 인테리 중에도 아무런 손끝의 기술이 없이 대학이나 전문학교의 졸업증서 한 장을 또는 조그마한 보통 상식을 가진 직업 없는 인테리. 해마다 천여명씩 늘어가는 인테리. 뱀을 본 것은 이들 인테리다.

부르죠아지의 모든 기관이 포화상태가 되어 더 수효가 아니 느니 그들은 결국 꾀임을 받아 나무에 올라갔다가 흔들리우는 셈이다. 개밥의 도토리다.

인테리가 아니었으면 차라리(日帝時 九字 削除 : 編輯者

22

註) 노동자가 되었을 것인데 인테리인지라 그 속에는 들어갔다가도 도로 달아나오는 것이 99프로다. 그 나머지는 모두 어깨가 축 처진 무직 인테리요 무기력한 문화 예비군 속에서 푸른 한숨만 쉬는 초상집의 주인 없는 개들이다. 레디메이드 인생이다.

4

"제길."

P는 혼자 두덜거리며 지금까지 섰던 기념비각 옆을 떠났다.(日帝時 六行 削除 : 編輯者 註) P는 자기 자신이고 세상의 모든 일이고 모두 짜증이 나고 원수스러웠다.

광화문 큰 거리를 총독부 쪽으로 어실어실 걸어가노라니 그의 그림자가 짤막하게 앞에 누워 간다.

P는 그 자기의 그림자를 콱 밟고 싶었다. 그러나 발을 내어 디디면 그림자도 그만큼 앞으로 더나가곤 한다. 이 그림자와 자기 자신에서 그리고 그림자를 밟으려는 자기 자신과 앞으로 달아나는 그림자에서 P는 자기의 이중인격의 모순상을 발견하였다.

동십자각 옆에까지 온 P는 그 건너편 담배가게 앞으로 갔다.

　　"담배 한갑 주시오."

　　하고 돈을 꺼내려니까 담배가게 주인이,

　　"네 마꼬입니까?"

　　묻는다.
　　P는 담배가게 주인을 한번 거들떠보고 다시 자기의 행색을 내려 훑어보다가 심술이 번쩍 났다.
　　그래서 잔돈으로 꺼내려던 것을 일부러 일원짜리로 꺼내드는데 담배가게 주인은 벌써 마꼬 한 갑 위에다 성냥을 받쳐 내어민다.

　　"해태 주어요."

　　P는 돈을 들이밀면서 볼멘소리를 질렀다. 그러나 담배가게 주인은 그저 무신경하게

"네에."

하고는 마꼬를 해태로 바꾸어주고 팔십오전을 거슬러다준다.

P는 저편이 무럼해 하지 아니하는 것이 더욱 얄미웠다.

그는 해태 한개를 꺼내어 붙여물고 다시 전찻길을 건너 개천가로 해서 올라갔다. 인제는 포켓 속에 남은 것이 꼭 삼원하고 동전 몇푼이다. 엊그제 겨울외투를 사원에 잡혀서 생긴 것이다.

방세와 전깃불 값이 두달치나 밀리었다. 삼원은 방세 한달치를 주고 일원에서 전등삯 한달치를 주고도 싶었으나 그리고 나면 그 나머지로 설렁탕이나 호떡을 사먹어도 하루밖에는 못 지낸다. 그래 그대로 넣어두고 한 이틀 지내는 동안에 일원이 거진 달아났던 판인데 공연한 객기를 부리느라고 당치도 아니한 해태를 샀기 때문에 인제는 일원 돈은 완전히 달아나고 삼원만 남은 것이다.

P는 포켓 속에 손을 넣고 잔돈과 지폐를 섞어 삼원 남은 돈을 만지작거렸다. 그러면서 왼편 손으로는 손가락을 꼽아가며 삼원을 곱쟁이 쳐 보았다.

육원, 십이원, 이십사원, 사십팔원, 구십육원, 백구십

이원, 팔원 모자르는 이백원. 사백원, 팔백 원, 일천육백원, 삼천이백원, 육천사백원, 일만이천팔백원, 팔백원은 떼어버리고 이만사천원, 사만팔 천원, 구만육천원, 십구만이천원, 삼십팔만사천원, 칠십육만팔천원, 일백 오십삼만육천원. 삼원을 열여덟번만 곱 집으면 일백오십삼만원이 된다. 일백오십삼만원, 그놈이 있으면. 이렇게 생각하매 어깨가 으쓱해졌다.

삼원의 열여덟 곱쟁이가 일백오십만원이니 퍽 쉬운 일이다.

그놈만 있으면 백만원을 들여서 오십전짜리 십육페이지 신문을 하나 했으면 위선 K사장의 엉엉 우는 꼴을 볼 수가 있을 것이다.

그러나 아쉬운 대로 십오만원만 있어도, 일만오천원 아니 일천오백원만 있어도 아니 일백오십원만 있어도 십오원만 있어도 우선 방세와 전등 삯을 주고 한달은 살아가겠다.

P는 한숨을 내쉬었다. 한달? 한달만 살고나면 그담은 어떻게 하나? 그래도 몇백원은 있어야지, 아니 몇 만원은. P는 늘 하는 버릇으로 이런 터무니없는 공상을 되풀이하였다. 그는 최근 이러한 공상을 하면서부터 취직

을 시들하게 여겼다.

취직이 됐댔자 사오십원이나 오륙십원의 월급이다. 그것을 가지고 빠듯빠듯 살아간들 무슨 아기자기한 재미가 있을 턱도 없는 것이다.

가령 근실히 해서 월쾌저금(月掛貯金) 같은 것도 하고 집도 장만하고 여편네도 생기고 사장이나 중역들의 눈에 들어 지위도 부장쯤으로는 올라가고 그리하여 생활의 근거도 안정이 되고 하면 지금 같은 곤란은 당하지 아니하겠지만 그러나 P에게는 아직도 젊은 때의 야심이 있어 그러한 고식된 안정이나 명색 없는 생활은 도리어 피하고 싶었던 것이다. 좀 더 남의 눈에 띄며 좀 더 재미있고 그리고 자유로운 생활. 물론 그는 지금이라도 누가 한달에 삼십원만 줄 테니 와서 일을 해달라면 마치 주린 개가 고기를 보고 덤비듯이 덮어놓고 덤벼들 것이다. 그러나 속으로는 그와 딴판으로 배포를 부리고 있는 것이다.

P가 삼청동으로 올라가느라고 건춘문 앞까지 이르렀을 때에 저편에서 말쑥하게 봄치장을 한 여자 하나가 마주 내려왔다.

역시 삼청동 근처에 사는 여자인지 P와는 가끔 마주

치는 여자다.

P는 그 여자와 만날 때마다 일부러 눈여겨보지 아니하는 체는 하면서도 실상은 고비샅샅 관찰을 하였고 그리고 속으로는 연애라도 좀 했으면 하던 터이었다. 무엇보다도 동그스름한 얼굴에 이목구비가 모두 모지지 아니하고 얼굴의 윤곽이 동글 듯이 모가 나지 아니한 것, 그래서 맘자리도 그렇게 동글려니 하는 것이 P의 마음을 끈 것이다.

그 여자는 자주 만나는 이 협수룩한 양복장이 P를 먼 빛으로도 알아보았는지 처녀다운 조심스런 몸매로 길을 가로 비켜 가까이 왔다.

P는 고개를 꼿꼿이 쳐들고 앞만 쳐다보면서도 속으로는, '저 여자가 지금 내 옆으로 다가와서 조그만 소리로 정답게 구애(求愛)를 한다면? 사뭇 들이 안긴다면. 어쩔꼬?'

이런 생각을 하면서 히죽이 웃는데 여자는 벌써 지나쳐 버렸다.

'흥! 어쩌긴 무얼 어째? 넌야, 일없다는데 왜 이래! 하고 발길로 칵 차 내던지지.' 하고 P는 어깨를 으쓱하였다.

삼청동 꼭대기에 있는 집 -집이 아니라 삭월세로 들

은 행랑방~ 에 돌아왔다. 객지에 혼자 있으니 웬만하면 하숙에 있을 것이로되 밥값이 밀리고 그것에 졸릴 것이 무서워 P는 방을 얻어가지고 있던 것이다.

먹는 것이야 수중에 돈이 있는 때에 따라 호떡도 설렁탕도 백화점의 런치도, 그렇잖고 몇 끼씩 굶기도 하여 대중이 없었다.

볕 구경을 잘 못해서 겨울에도 곰팡이 슬고 이불을 며칠씩 그대로 펴두는 방바닥에서는 먼지가 풀신 풀신 올랐다.

하도 어설퍼 앉으려고도 아니하고 방 가운데 우두커니 서서 있노라니까 안방 문 여닫는 소리가 들리며 주인노파가 나와서 캑 하고 기침을 한다. P는 또 방세 졸릴 일이 아득하였다.

그러나 노파는 방세보다도 우선 편지 한 장을 들이밀어준다. 고향의 형에게서 온 것이다.

편지를 뜯어 읽고 난 P는 말가웃(一斗半)이나 되게 한숨을 푸 내쉬었다. 그리고는 편지를 박박 찢어 버렸다.

5

편지의 요건은 P의 아들에 관한 것이다.

P에게는 연전에 갈린 아내와의 사이에 생긴 창선이라는 아들이 있다. 금년에 아홉살이다.

아내와 갈릴 때에 저편에서 다만 어린애만이라도 주었으면 그것을 데리고 길러가는 재미로 혼자 사는 세상에 낙을 붙이겠다고 사정하였다. 그리고 적어도 중학까지는 마치게 하겠다는 것이었다.

그렇게 했으면 P도 한짐을 덜었을 것이다. 그러나 그는 듣지 아니하였다.

어릴적부터 소박데기 어미의 손에서 아비의 원망과 푸념을 들어가면서 자란 자식은 자란 뒤 에그 아비에게 호감을 가지지 못한다. P는 자식을 꼭 찾고 싶은 것은 아니나 아뭏든 장성하면 아비라고 찾아올 터인데 그때에 P는 이미 늙고 자식은 팔팔하게 젊은 놈이 제 어미를 소박한 아비래서 아니 꼽게 군다면 그것은 차마 못 당할 노릇이다.

이러한 생각으로 P는 창선이를 내주지 아니한 것이다. 그러나 빼앗아 놓고 보니 인제 겨우 너댓 살 밖에 아니 먹은 것을 자기 손으로 어찌할 수가 없다. 그리하여 할 수 없이 어렵사리 지내는 그 형에게 맡기어 놓고 다시 서울로 올라온 것이다. 보통학교에 다닐 나이가 되면 서울로 데려오겠다고 해 두고.

P의 형은 작년에 조카를 보통학교에 입학시켰다. 그러나 극빈 축에 드는 집안인지라 몇 푼 아니되는 월사금과 학비를 대지 못하여 중도에 퇴학시켰다. 애초에 입학시킬 상의로 P에게 편지를 했을 때에 P는 공부같은 것은 시켰자 소용이 없으니 차라리 뼈가 보드라운 때부터 생일(勞動)을 시키라고 하였다. P의 형은 그러나 백부(伯父)의 도리로나 집안의 체면으로나 창선이를 생일을 시킬 수가 없었다. 차라리 자기 손에 두어 헐벗기고 헐입히면서 공부도 시키지 못 하느니 제 아비인 P더러 데려가라고 작년부터 편지를 하던 터이다.

금년도 입학시기가 당함에 P의 형은 P에게 누차 편지를 하였다. 금년에 입학을 시키지 못하면 명년에는 학령이 초과되어 들여주지 아니할 것이니 어서 데려다가 공부를 시키라는 것이다.

"그 어린것이 굶기를 먹듯 하고 재주는 있으면서 남

의 집 아이들이 학교에 다니는 것을 부러워하는 꼴은 차마 애처러워 볼 수가 없다. 차라리 이꼴 저꼴 보지 아니하는 것이 속이나 편하겠다."

이번 편지에는 이러한 구절이 있고 끝에 가서,

"여비가 몇 원 변통되면 차를 태우고 전보를 칠테니 정거장에 나와 데려가거라. 나도 웬만하면 객지에 혼자 있는 너에게 어린 자식을 떠 맡기듯이 보내겠느냐마는 잘못하다가 그것을 굶겨 죽이겠기에 생각다 못하여 단행하는 것이다."

이러한 말이 씌어 있었다.

P는 박박 찢은 편지를 돌돌 뭉쳐 방구석에 내던지고 한숨을 푸 내쉬었다.

인제는 자식을 데리고 있기가 피할 수 없이 되었는데 어떻게 했으면 좋을까 하는 것이다. 그는 형이 원망스럽고 아니꼬왔다.

굳이 제 아비를 따라 보낸다는 것이 아니라 부둥부둥 공부를 시키라는 것 때문이다. 기왕 서울로 보내나 시골서 데리고 있으나 고생시키기는 일반이니 차라리 시골서 일찍부터 생일이나 시켰으면 P에게는 여러 가지로 좋은 것이었다.

"흥! 체면! 공부! 죽어도 인테리는 만들잖는다."

P는 혼자 이렇게 두덜거렸다.

"집에서 온 편지유? 무슨 걱정이 생겼수."

말거리를 찾지 못하여 머뭇거리고 섰던 안방 노인이 동정이나 하는 듯이 이렇게 묻는다.

"아니요."

P는 마지못해 코대답을 하였다.

"필경 무슨 걱정이 생긴 게구려!"

노인은 자기의 말거리를 만들려고 아니라는데도 이

렇게 걱정을 내어놓는다.

"'그게 모두 가난한 탓이지. 저렇게 젊고 똑똑한 이
가, 저게 모두 가난한 탓이야! 어디 구실(職業) 자리 말한
다더니 아직 아니 됐수?"

"네 아직."

"거 큰일났구려! 어서 돼야 할 텐데. 나두 꼭 죽겠수.
이 늙은 것이. 돈 좀 마련되잖았수?"

"네 아직 좀."

"저걸 어쩌나! 오늘은 물값이야 전깃불값이야 사뭇
받으러 달려들 텐데!"

"며칠만 더 미루십시오. 설마하니 마나님이야 아니
드리겠습니까."

"아무렴! 실수야 없을 줄 알지만 내가 하도 옹색하니
깐 그러는 거지."

P는 노인이 지껄이게 두어두고 혼자 생각하였다. 전
에 아는 집에서 셋방을 얻어들었을 때에는 두 달이고 석
달이고 세가 밀려야 조르는 법이 없었다.

밀려도 조르지 아니하는 아는 집. 이것이 P는 도리

어 미안해서 이곳으로 옮겨온 것이다. 옮겨 와 가지고 막상 졸림질을 당하니 미안해도 졸리지는 아니하던 옛집이 그리워지는 것이다.

노인이 문을 가로막고 서서 수다스런 소리로 더 지껄이려고 하는데 마침 P의 동무 M과 H가 찾아왔다.

"어디 나가나?"

M이 그렇잖아도 벌씸한 코를 한번 더 벌씸 하고 사이 벌어진 앞니를 내어보이며 상긋 웃는다.

몸집은 M과 같이 퉁퉁하지만 키가 작아 M의 뒤에 섰던 H가 옆으로 나서며,

"안녕하시오."

하고 인사를 한다.

P는 싱긋이 웃었다. 이 M과 H는 같은 하숙에 있는데 두 사람은 곧잘 같이 돌아다닌다. 같이 가는 것을 나란히 세워놓고 보면 하나는 키가 커서 우뚝하고 하나는 키가 작아서 납작 붙어가는 것 같다.

얼굴도 M은 우들부들한 게 정객 타잎으로 생기었고 -잘못하면 뻑싱 링에 내세워도 좋겠고- H 는 안존한 게 사무원 타잎이다.

일상의 언행을 보아도 H는 무슨 이야기가 자기 전문인 법률에 관한 것에 다다르면 육법전서의 조목을 따르르 외이면서 이렇고 저렇고 하다고 설명을 하고 M은 동경서 학생 ××에 제휴를 했던 만큼 그리고 전문이 정경과인만큼 좌익 진영에서 쓰는 어투가 그대로 나온다.

"여전히 모두 동색(冬色)이 창연하군!"

P는 두 사람의 특특한 겨울양복을 보고 그리고 자기의 행색을 내려보며 웃었다.

M이 신을 벗고 들어와 먼지 앉은 책상 위에 걸터앉으며,

"춘래불사춘일세."

하고 한마디 왼다. H도 따라 들어와 한편에 앉으며 한마디 한다.

"아직 괜찮아. 거리에서 보니까 동복 입은 사람이 많데."

"괜찮기는 무어 괜찮아. 우리가 길로 돌아다니니까 사방에서 아이구야! 소리가 들리데."

"왜?"

"봄이 발 밑에서 짓밟히느라고."

"하하하하."

세 사람은 소리를 내어 웃었다.

"참 시험본 것 어떻게 되었소?"

P는 H가 일전에 총독부에서 본 고원 채용시험을 생각하고 물어 보았다.

"말두 마시우. 인제는 꼭 들어앉아 공부나 해가지고 변호사 시험이나 치겠소."

사람이 별로 변통성도 없고 그렇다고 여기저기 발련도 없어 취직이 여의하게 되지 못하는 것을 볼 때에 P는 가엾은 생각이 늘 들곤 하였다.

"가만있게. 어서 변호사 시험만 파스하게. 그러면 인제 내가 백만원짜리 주식회사를 조직해 가지고 자네를 법률고문으로 모셔옴세."

이것은 M이 늘 농삼아 하는 농담이다. M도 일년 동안이나 취직운동을 하면서 지냈건만 그는 되려 배포가 유하다. 조금 더 재빠르게 했으면 M은 벌써 취직이 되었을는지도 모르나 그는 타고난 배포와 그리고 남에게 아유구용을 하기 싫어하는 성질로 말하자면 취직전선의 낙오자다.

별로 만나야 할 일도 없다. 그러나 제가끔 혼자 있으면 우울해지니까 이렇게 서로 찾으며 자주 만나게 된다.

만나 앉아서 이야기라도 지껄이면 그 동안만은 명랑하여진다. 지금 서울 안에 P니 M이니 H와 같이 매일 만나하는 일 없이 돌아다니고 주머니 구석에 돈푼 있으면 서로 털어 선술잔이나 먹고 하는 룸펜의 패가 수없이 많다.

무어나 일을 맡기었으면 불이 번쩍 일게 해낼 팔팔한 젊은 사람들이다. 그렇건만 그들은 몸을 비비 꼬고 있다.

아무데도 용납치 못하는 사람들이다. xx적 xx에서 그들을 불러들이기에는 xx적 xx의 주관적 정세가 너무도 미약하다. 그것은 그들의 몇 부분이 동경서 학생으로 있을 시절에는 그 속에서 활발하게 xx을 계속하던 것이 조선에 나오면서 탈리되는 것으로 보아 그러한 해석을 내리지 아니 할 수가 없다.

그렇다고 부르죠아지의 기성 문화기관에 들어가자니 그곳에서는 수요를 찾지 아니한다. 레디메이드로 된 존재들이니 아무때라도 저편에서 필요해야만 몇씩 사들여간다.

M이 마꼬를 꺼내놓고 붙여문다. P는 포켓 속에 들어 있는 해태를 차마 내놓기가 낯이 따가와 M 의 마꼬를 집어 당겼다. (日帝時 六行 削除 : 編輯者 註)

P는 설명을 시작한다. P 자신 그러한 장난 비슷한 공상을 하면서 일단 해보라고 하면 주저할 것이지만 어쨌거나 그랬으면 통쾌하리라는 것이다.

"먼첨 경무국에 들어가서 아주 까놓고 이야기를 한단 말이야. 우리가 지금 대상으로 하는 것은 총독부가 아니라 조선의 소위 민간 측 유지들이니까 간섭을 말아달라고."

"그러면 관허(官許) 메- 데- 로구만"

"그래 관허도 좋아. 그래가지고는 기에다가는 무어라고 쓰느냐 하면 '우리에게 향학열을 고취 한 놈이 누구냐?' 어때?"

"좋— 지."

"인테리에게 직업을 내라. 이렇게 노래를 지어 부르거든." (日帝時 一行 削除 : 編輯者註)

" 응 유지와 명사의 가면을 박탈시키라고 — 한 몇십 명이 그렇게 데모를 한단 말이야."

"하하하하."

M은 이렇게 웃고 H는 시원찮은 핀잔을 준다.

"듣그럽소 여보. 아, 글쎄 멀끔멀끔한 양복쟁이들이 종로 네거리로 기를 받고 그렇게 다녀 봐! 애들이 와서 나 광고지 한장 주! 하잖나."

"하하하하."

"허허허허."

창밖에서 냉이 장수가 싸구려 소리를 웨치고 지나간다. M이 그에 응하여,

"이크, 봄을 덤핑하는구나."

"흠, 경제학자라 다르군. 참 우리 하숙에서는 채소를 좀 먹여 주어야지!"

"밥값을 잘 내보지."

"그도 그렇지만."

"나는 석달치 밀렸네."

"나도 그렇게 될걸."

"그러니까 나처럼 이렇게 아-파트 생활을 해요."

이것은 P의 말이다. 아파-트라고 말해놓고 서글퍼서 허허 웃었다.

"조선식 아-파트! 그렇지만 우리가 아-파트 생활을 했다면 아마 두어 달 전에 굶어죽었을 걸."

"나는 돈을 보면 초면 인사를 해야 되겠네. 본 지가 하도 오라서 낯을 잊었어."

"여보게."

하고 M이 으젓하게 H를 달군다.

"돈 구경한 지 오래 됐다지?"

"응."

"존 수가 있네."

"뭣?"

"자네 책 좀 삼사(三四)구락부에 보내세."

"싫으이."

"자네 돈 구경하고. 구경하고 나서 그놈으로 한잔 먹고."

"한잔 말이 났으니 말이지 요즘같으면 술이나 실컷 먹고 주정이라도 했으면 속이 시원하겠네."

"그러니까 말이야. 가세. 가서 다섯권 잡혀."

"일없다."

"내가 찾아주지."

"흥."

"정말이야."

"싫어."

6

그날 밤.

P와 M은 H를 졸라 그의 법률 책을 잡혀 돈 육원을

만들어 가지고 나섰다.

선술집에 가서 엔간히 취하도록 먹은 뒤에 C라는 카페에 가서 술 두 병을 놓고 자정이 되도록 노닥거렸다.

그곳에서 나올 때는 육원 돈이 이원 남았다. 이원의 처치를 생각하다 세 사람은 일제히 동관으로 가기로 하였다.

세 사람이 모두 다리가 비틀거렸다. 그 중에도 P는 더욱 취하였다.

닐닐이 가락으로 들어박힌 갈보집, 다 쓰러져가는 초가집을 세 사람이 아는 집 들어서듯 쑥쑥 들어서니,

"들어오십시오."
"어서 오십시오."

라고 머리 딴 계집애와 배가 북통같은 애밴 계집이 마루로 나선다.

P가 무심결에 해태곽을 꺼내어 붙여무니까 머리 딴 계집애가 P의 목을 얼싸안고 볼에다 입을 쪽 맞추더니,

"나도 하나."

하고 손을 벌린다. P는 기가 막혀 담배곽을 내미는데 H와 M은 박수를 하며,

"부라보."

하고 굉장하게 큰 소리로 외친다.

건넌방에 들어가 앉으니 마루에서 따그락따그락 소리가 난다.

배부른 계집은 푸대접을 받고 머리 딴 계집애가 H와 M의 손으로 옮아 다니면서 주물린다. 깩깩 소리를 지르며 엄살을 한다. 말을 붙이고 대답을 주고받고 하는 것이 H와 M은 전에 한 번 와 본집인 듯하다.

술상이 들어왔다.

잔은 사발만한데 술 주전자는 눈알만하다. 술을 부어놓으니 M이 척 받아놓고는 노래를 투정한다.

계집애는 그보다 더 약아서 제가 그 술을 쭉 들이마시고는 빈잔만 M의 입에 대어준다.

P는 개숫물같이 밍밍한 술을 두어 잔 받아먹는 동안에 비위가 콱 거슬려서 진정하느라고 드러누웠다.

H가 계집애를 무릎에 올려놓고 신이 나게 노래를

44

부른다. 물론 고저도 장단도 맞지 아니하는 노래다.

M이 애밴 계집을 실컷 시달려 주다가 머리 딴 계집애를 빼앗아 가더니 귀에 대고 무어라고 속삭거린다. 그러면서 둘이서 연해 P를 건너다보며 싱긋벙긋 웃는다.

조금 있다가 계집애가 P에게로 오더니 귀에다 입을 대고 속삭인다.

"저이가 나더러 당신하고 오늘 저녁. 응, 어때?"
"그래라"

P는 불쑥 성난 것처럼 대답했다.

"아이! 싱거워!"

계집애는 P를 한번 꼬집어 주고 다시 M에게로 달아났다.

M에게로 가서 또 무어라고 속삭거리더니 재차 와가지고는 귓속말을 한다.

"자고 가, 응."

"그래 글쎄."

"꼭."

"응."

"정말."

"응."

술은 네 주전자가 들어왔는데 세 사람 손님은 두서너 잔씩밖에 아니 먹었다. 그 나머지는 다 저희가 먹었다. 계집애가 술이 곤주가 되게 취해가지고 해롱해롱 까분다.

술값을 치르는 것을 보고 P도 따라 일어섰다. M이 몸뚱이로 슬쩍 밀어서 방안으로 들여 보내고 뒤에서 계집애가 양복 뒷깃을 잡아당긴다.

"그래라, 자고 간다."

P는 방 가운데 벌떡 드러누웠다.

"너희 집이 어디냐?"

계집애가 옆에 와서 앉는 것을 보고 P가 물었다.

"××도 ××."

"언제 왔니?"

"작년에."

P는 몸을 일으켰다. 또 속이 왈칵 뒤집혀 좀 더 진정하려고 하는 생각인데 계집애가 콱 밀어 뜨린다.

"나이 몇 살이냐?"

"열 여덟."

"부모는?"

"부모가 있으면 여기서 이 짓을 해?"

"왜 이 짓이 나쁘냐?"

"흥. 나도 사람이야."

"에꾸! 나는 네가 신선인 줄 알았더니 인제 보니까 사람이로구나!"

"듣그러!"

계집애는 눈을 쪽 흘기고는 갑자기 웃으면서 P의 목을 끌어안는다.

"자고 가, 응."

"우리 마누라한테 자볼기 맞고 쫓겨난다."

"그러면 내한테 와서 나하고 살지. 여기 내 빚 팔십 원만 물어주면."

"팔십 원이냐?"

"응."

"가겠다."

P는 또 일어나려는 것을 계집이 껴안고 놓지 아니한다.

"자고 가. 내가 반했어."

"아서라."

"정말!"

"놓아."

"아니야, 안 놓아. 자고 가요 응. 자고. 나 돈 좀 주어."

"돈? 내가 돈이 있어 보이니?"

"돈 소리가 절렁절렁 나는데?"

미상불 P의 포켓 속에는 아까부터 잔돈 소리가 가끔 잘랑거렸다.

"자고 나 돈 조…금 주고 가 응."

"얼마나?"

"암만도 좋아. 오십 전도, 아니 이십 전도."

계집애의 말이 떨어지기도 전에 P는 불에 데인 것 같이 벌떡 일어섰다. 일어서면서 그는 포켓 속에 손을 넣고 있는 대로 돈을 움켜쥐어 방바닥에 홱 내던졌다. 일원짜리 지전 두 장과 백 통전 이 방바닥에 요란스럽게 흐트러진다.

"앗다, 돈!"

내던지고는 P는 뛰어나왔다. 그의 눈에는 눈물이 고였다.

7

P는 정조(貞操)적으로 순진한 사나이가 아니다.

열네살 때에 소꿉질 같은 장가를 갔고 그 뒤 동경 가서 있을 동안에 거기 여자와 살림도 하였다.

49

조선에 돌아와 직업을 가지고 있는 사이에 기생과 사귀어 한동안 죽을둥살둥 모르게 지내기도 하였다.

그밖에도 정두어 지낸 여자가 두엇 더 있다. 그러나 삼십이 되도록 지금까지 유곽을 가거나 은근 짜 집을 가거나 동관의 색주가 집에 가서 잠자리를 한 일은 없다.

그것은 P의 괴벽이다. 어떠한 여자를 물론하고 그가 정이 들지 아니한 여자이면 절대로 관계를 아니 한다는 것이다.

그 대신 한번 P의 눈에 들고 따라서 정이 들면 아무 것도 돌아보지 아니하고 심각한 열정에 맡기어 완전히 그 여자를 움켜쥐어 버리며 또한 그 여자에게 전부를 내주어 버린다. 그리하여 그는 늘 all or nothing을 말한다.

이것이 처세상 퍽 이롭지 못한 것을 P도 잘 안다. 또 공연한 승벽이요 고집인 줄 알건만 그는 그것을 고치지 못한다.

이날 밤에도 그는 그 계집애를 조금도 어떻게 하겠다는 생각은 나지 아니하였다.

술 취한 끝에 속이 괴로우니까 진정을 하자는 판인데 '오십전, 아니 이십 전도 좋아' 하는 소리에 버쩍 흥분이 된 것이다.

너무도 인간이 단작스럽고 악착스러운 것 같았다. P가 노상 보고 듣는 세상이 돈을 중간에 놓고 악착스럽게 으르렁으르렁하는 것임을 모르는 바는 아니나 정조 댓가로 일금 이십 전을 요구 하는 것은 처음 보았다.

P는 그러한 여자가 정조를 파는 데 무신경한 것도 잘 알고 있으며 따라서 그것이 비도덕이니 어쩌니 하는 것도 아니다.

그의 관점과 해석은 그런 것보다 더 나아간 입장에 있었다.

그러나 '이십 전만 주어도' 소리에는 이것저것 생각하고 헤아릴 나위도 없었다. 더럽고 얄미우면서 눈물이 고였다. 삼원쯤 되는 전 재산을 털어 내던지고 정신없이 뛰어나온 것이다.

술 취한 P를 혼자 남겨둔 H와 M은 골목에 가다리고 서서 있었다. P가 뛰어 나오는 것을 보고 그들은 우선 농을 건넨다.

"한턱 하오."

"장가간 턱 하게."

P는 고개를 흔들었다. 그리고 멍하니 서서 생각을 하였다.

다분의 가면 밑에서 꿈틀거리는 인도주의에 몹시 증오를 느끼는 P는 이날 밤 자기의 행동을 어떻게 해석할지 몰라 괴로와하였다.

내일을 굶어야 할 그 돈이지만 돈이 아까운 것이 아니다. 정조값으로 이십 전을 주어도 좋다는데 왜 정조는 퇴하고 돈만 있는 대로 다 털어 주었는가? 왜 눈에 눈물은 고였는가?

8

P는 머리가 띵하고 속이 뉘엿거리어 정신을 차릴 수가 없었다. 그는 두 친구에게 인사도 변변히 하지 아니하고 코를 베인 듯이 삼청동으로 올라왔다. 어서 바삐 좀 드러눕고만 싶었던 것이다.

아무리 방구들은 차고 지저분하게 늘어놓았어도 제 처소는 반가운 것이다. 더구나 몸이 괴로울 때는.

P는 누더기 양복이나마 벗으려고도 아니하고 그대로 펴 두었던 이부자리 속에 몸을 파묻었다.

드러누우니 취기가 새삼스레 더하여 영영 옷 벗을 생각도 잊어버리고 그대로 잠이 들었다.

얼마를 자고 났는지 괴로와 부대끼다 못하여 잠이 깨었을 때는 목이 타는 듯이 말랐다.

물은 없다. 물이 없어 못 먹느니라 생각하니 목은 더 말랐다.

밤은 어느 때나 되었는지 짐작할 수가 없다. 전등은 그대로 켜져 있다. 밖에서는 사람 지나다니는 발자국소리도 들리지 아니한다. 전차 달리는 소리도 들리지 아니하고 가끔 가다가 자동차의 경적이 딴 세상의 소리같이 감감하게 들리어 온다.

밤이 깊지 아니했으면 잠긴 안대문을 두드려 주인 노인에게라도 물을 청하겠지만 이 깊은 밤에 그리하기도 미안하다. 그것도 방세나 여일하게 내었을 제 말이지 얼굴 대하기를 이편에서 피하는 판에 차마 못할 일이다.

물지게 장수의 삐득거리는 소리가 들리나 하고 귀를 기울였으나 감감히 소리가 없다.

목은 더욱더욱 말라 들어온다. 입술이 바싹 마르고 입안이 침기가 없고 목구멍이 바삭바삭 소리가 날듯이 마르고 그리고는 창자 속까지 말라 내려가는 듯하다.

방금 미칠 듯하다.

눈앞에 용용하게 흘러가는 푸른 한강이 어릿어릿하고 쏴 쏟아지는 수통꼭지가 보이는 듯하다.

P는 배고픈 고비는 많이 겪어 보았으나 이대도록 목마른 참은 당하기 처음이다.

배는 고프면 기운이 없이 착 가라앉을 뿐이었지만 목이 극도로 마름에는 금시 미치고 후덕 후덕 날뛸 것 같다.

일어나서 삼청동 꼭대기로 올라가면 산골짜기의 물도 있고 또 우물도 있기는 하다. 그러나 이 어두운 밤에 어디가 어디인지 보이지 아니할 테고 또 우물에는 두레박도 없을 것이다.

겨우겨우 참아가며 몇 시간을 뻬대었다. 실상 한시간도 못되는 동안이지만 P에게는 여러 시간인 듯만 싶었다.

그런 뒤에 겨우 물지게 소리를 듣고 그는 수통 있는 곳을 찾아 뛰어나갔다.

사정 이야기도 변변히 하지 아니하고 쏟아지는 수통꼭지에 매어 달리어 한 동이는 되리만치 냉수를 들이켰다. 물장수가 어이가 없어 물끄러미 치어다 보고만 있다가 P의 끔벅하고 돌아서는 등 뒤에다 혀를 끌끌 찬다.

P는 새삼스레 양복을 벗어 던지고 다시 자리에 파묻혔다. 인제는 잠이 십리나 달아나고 눈이 초랑 초랑하여진다. 그러면서 어젯밤 일이 머리에 떠오른다.

　　그것은 마치 못 먹을 것을 먹은 것처럼 꺼림칙한 기억이다. 아무렇게나 씻어 넘겨버리재도 그러나 머리 한구석에 박혀 가지고 사라지려 하지 아니하는 어룽(斑點)과 같다. 어떻게 해서라도 시원스러운 해석을 내리고라야 마음이 놓일 것 같다.

　　정조댓가(貞操代價)로 일금 이십 전을 부르는 여자. 방금 세상에는 한번 정조를 빼앗긴 것으로 목숨을 버려 자살하는 여자도 있다. 그러는 한편 '이십 전도 좋소' 하는 여자가 있다.

　　여자의 정조가 그것을 잃었다고 자살을 하도록 그다지도 고귀한 것이라면 '이십 전에라도 팔겠소' 하는 여자가 눈을 멀끔 멀끔 뜨고 살아 있는 사실은 무엇으로 설명할 것인가? 또 정조를 '이십 전에도 팔겠소' 하는 여자가 있도록 그것이 아무렇지도 아니한 것이라면 그것을 한 번 빼앗긴 때문에 생명을 내버리는 여자가 있는 것은 무엇으로 설명할 것인가? 이 두 여자가 모두 건전한 양심의 소유자라고 볼 수는 없다.

그러나 그 가운데 나무라기로 들면 차라리 정조를 빼앗긴 것으로 자살한 여자를 나무랄 것이지 '이십 전에 팔겠소' 하는 여자는 나무랄 수가 없다.

열여섯살부터 시작하여 이래 삼년이나 색주가 집으로 굴러다니는 여자다.

언제 누구에게 귀 떨어진 도덕관념이나 정당한 인생관을 얻어들은 적이 없을 것이다.

술잔을 들고 앉아 한잔이라도 오는 손님에게 더 먹이어 한푼어치라도 주인의 수입을 도와주면 칭찬이 오니 그만이다.

"고년 어여쁘다. 나하고 ××."

하고 손님이 말하면 그에 좇아 비록 조발(早發)일지언정 생리적 만족을 얻는 한편 그야말로 단돈 이십 전이라도 벌면 그만이다.

옆에서 그것을 시키기는 할지언정 그것이 나쁘다고 가르쳐 주는 사람이 있을 턱이 없는 것이다.

사실 일반 매춘부가 정조적으로 양심을 가진 듯이 보인다는 것은 그 대부분이 되려 한 가식(假飾)에 지나지 못하는 것이다.

그것은 그들에게 있어서 일종의 정당성을 가진 노동인 것이다. 그러니까 그것을 보고 불쌍하다고 여기고 동정을 하는 것은 의문의 패은이다.

지금 세상은 정당한 성도덕(性道德)이 서 있는 때도 아니다.

그것은 한 세대(世代)에 여러 가지의 시대 사조가 얼크러져 있는 때문이다. 그러니까 여자의 정조 에 대하여도 일률적으로 선악과 시비를 가릴 수는 없는 것이다.

하룻밤 몸값으로 '이십 전도 좋소' 하는 여자, 그에게는 다른 사람이 갖는 성도덕도 없고 따라서 자신을 타락이래서 슬퍼하지도 아니한다.

그 여자 자신을 나무랄 필요도 없는 것이요 동정할 여지도 없는 것이다. 그 여자 자신은 결코 불쌍한 사람이 아니다.

예수의 사랑⑦도 아무리 그 사랑이 크고 넓다 했을지언정 그것은 '불쌍한 사람' '죄지은 사람'에게 미칠 수 있는 것이다.

'불쌍하지 아니한' '죄짓지 아니한' 동관의 색주가 계집애에게는 누구의 동정이나 사랑도 일 없는 것이다.

"뭣? 관념적이라고?"

그렇다. 관념적이라도 할 수 없다. 그러나 그것은 그 여자의 주관을 객관화한 것이다. (日帝時 二行 削除 : 編輯者 註)

또 그 병적 현실에 메스를 대는 것은 집단의 역사적 문제이지만 룸펜 인테리의 결벽과 흥분쯤으로는 문제가 되지 아니한다.

다만 취객이 삼원 각수를 던져 주었으므로 해서 그 여자는 감격 없는 기쁨을 맛보았을 뿐일 것이다.

"이게 웬 떡이냐. 어젯저녁에 꿈이 괜찮더니 이런 땡을 잡을 양으루 그랬구나. 웬 얼간 망둥이냐."

그 계집애는 응당 그렇게 밖에는 더 생각되지 아니하였을 것이다. 그것이 결코 무리가 없는 당연한 일이다.

P는 여기까지 생각하고 입맛 쓴 고소를 띠었다.

"흥! 되지 못하게. 장님이 눈병 앓는 사람더러 불쌍하다고 한 셈인가."

P는 돌아누우면서 혀를 끌끌 찼다.

9

일천 구백 삼십 사년의 이 세상에도 기적이 있다.

그것은 P가 굶어 죽지 아니한 것이다. 그는 최근 일
주일 동안 돈이 생긴 데가 없다. 잡힐 것도 없었고 어디
서 벌이한 적도 없다.

그렇다고 남의 집 문 앞에 가서 밥 한술 주시오 하
고 구걸한 일도 없고 남의 것을 훔치지도 아니하였다.

그러나 그 동안 굶어 죽지 아니하였다. 야위기는 하
였지만 그래도 멀쩡하게 살아 있다. P와 같은 인생이 이
세상에 하나도 없이 싹 치워진다면 근로하는 사람이 조
금은 편해질는지도 모른다.

P가 소 부르죠아지 축에 끼이는 인테리가 아니요 노
동자였더라면 그 동안 거지가 되었거나 비상수단을 썼을
것이다. 그러나 그에게는 그러한 용기도 없다. 그러면서도
죽지 아니하고 살아있다.

그렇지만 죽기보다도 더 귀찮은 일은 그를 잠시도 해
방시켜 주지 아니한다.

그의 아들 창선이를 올려 보낸다고 어제 편지가 왔고 오늘은 내일 아침에 경성역에 당도 한다는 전보까지 왔다.

오정 때 전보를 받은 P는 갑자기 정신이 난 듯이 쩔쩔매고 돌아다니며 돈 마련을 하였다. 최소한 도 이십 원은. 하고 돌아다닌 것이 석양 때 겨우 십오원이 변통되었다.

종로에서 풍로니 남비니 양재기니 숟갈이니 무어니 해서 살림 나부랑이를 간단하게 장만하여 가지고 올라오는 길에 전에 잡지사에 있을 때 알은 ××인쇄소의 문선과장을 찾아갔다.

월급도 일없고 다만 일만 가르쳐 주면 그만이니 어린아이 하나를 써 달라고 졸라댔다.

A라는 그 문선과장은 요리조리 칭탈을 하던 끝에 - 그는 P가 누구 친한 사람의 집 어린애를 천거 하는 줄 알았던 것이다 -

"보통학교나 마쳤나요?"

하고 물었다.

“아-니요.”

P는 솔직하게 대답하였다.

“나이 몇인데?”
“아홉살.”
“아홉 살?”

A는 놀래어 반문을 하는 것이다.

“기왕 일을 배울 테면 아주 어려서부터 배워야지요.”
“그래도 너무 어려서 원, 뉘집 애요?”
“내 자식놈이랍니다.”

P는 그래도 약간 얼굴이 붉어짐을 깨달았다. A는 이 말에 가장 놀라운 듯이 입만 벌리고 한참이나 P를 물끄러미 바라다본다.

“왜? 내 자식이라고 공장에 못 보내란 법 있답디까?”
“아니 정말 그래요?”

"정말 아니고?"

"괴-니 실없는 소리. 자제라고 해야 들어줄 테니까 그러시지?"

"아니 그건 그렇잖아요. 내 자식놈야요."

"그럼 왜 공부를 시키잖구?"

"인쇄소 일 배우는 것도 공부지."

"그건 그렇지만 학교에 보내야지."

"학교에 보낼 처지가 못되고 또 보낸댔자 사람 구실도 못할 테니까."

"거 참 모를 일이요. 우리 같은 놈은 이 짓을 해 가면서도 자식을 공부시키느라고 애를 쓰는데 되려 공부시킬 줄 아는 양반이 보통학교도 아니 마친 자제를 공장엘 보내요?"

"내가 학교 공부를 해본 나머지 그게 못쓰겠으니까 자식은 딴 공부시키겠다는 것이지요."

"글쎄 정 그러시다면 내가 내 자식 진배없이 잘 데리고 있으면서 일이나 착실히 가르쳐 드리리다마는. 원 너무 어린데 애처럽잖아요?"

"애처러운 거야 애비된 내가 더 하지요만 그것이 제게는 약이니까."

62

P는 당부와 치하를 하고 인쇄소를 나왔다. 한짐 벗어 놓은 것같이 몸이 가뜬하고 마음이 느긋하였다.

그는 집으로 올라가는 길에 싸전에 쌀 한말을 부탁하고 호배추도 몇 통 사들었다. 그렁저렁 오 원을 썼다.

십 원 남은 중에 주인노인에게 육 원을 내어 주니 입이 귀밑까지 째어진다. 그 끝에 P가 사온 호 배추를 내어 주며 김치를 담가 달라고 하니 선선히 응낙한다. 그리고 자식을 데리고 자취를 하겠다니까 깍두기야 간장이야 된장같은 것을 아까운 줄 모르고 날라다 주고 한다.

10

이튿날 전에 없이 첫새벽에 일어난 P는 서투른 솜씨로 화롯밥을 지어 놓고 정거장으로 나갔다.

그의 형에게서 온 편지에 S라는 고향 사람이 서울 올라오는 길에 따라 보낸다고 했으니까 P는 창선이보다도 더 낯이 익은 S를 찾았다.

과연 차가 식식거리고 들어서매 인간을 뱉아 내놓는 찻간에서 S가 창선이를 데리고 두리번거리며 내려왔다.

어디서 생겼는지 새까만 고꾸라 양복을 입고 이화표

붙은 학생 모자를 쓰고 거기다가 보따리를 하나 지고 무엇 꾸린 것을 손에 들고 차에서 내리는 어린아이. 저게 내 자식이라 생각하니 P는 어쩐지 속으로 얼굴이 붉어지며 한편 가엾기도 하였다.

S가 두 손에 짐을 가득 들고 두리번거리다가 가까이 온 P를 보고 반겨 소리를 지른다. 창선이가 모자를 벗고 학교식으로 경례를 한다. 얼굴은 너댓살 적에 보던 것보다 더 한층 저의 외가를 닮았다.

P는 그것이 몹시 불만하였다.

"그새 재미나 좋았나?"

S의 하는 첫인사다.

"뭘 그저 그렇지. 괜한 산 짐을 지고 오느라고 애썼네."

P는 이렇게 인사 겸 치하를 하였다.

"원 천만에. 그 애가 나이는 어려도 어떻게 속이 찼는지. 너 늬 아버지 알아보겠니?"

S는 창선이를 돌아보며 웃는다. 창선이는 고개를 숙이고 수줍은지 아무 대답도 아니한다.

P는 S와 창선이를 데리고 구름다리로 올라왔다.

"저의 외할머니가 저 양복이야 떡이야 모두 해가지고 자네 댁에까지 오셨더라네. 오셔서 어제 떠나는 데 정거장까지 나오셨는데 여러가지 신신 당부를 하시데. 자네에게 전하라고."

S는 P가 그다지 듣고 싶지도 아니한 이야기를 뒤따라오며 늘어놓는다. 그의 가슴에는 옛날의 반감이 솟쳐올랐다.

"별걱정 다 하던 게로군. 내 자식 내가 어련히 할까봐 쫓아다니면서 그래."

"그래도 노인들이라 어디 그런가. 객지에서 혼자 있는데 데리고 있기 정 불편하거든 당신께로 도루 보내게 하라고 그러시데."

"그 집에 내 자식이 무슨 상관이 있어서 보내라는 거야? 보낼 테면 그때 데려왔을라구."

P는 그것이 모두 그와 갈린 아내의 조종인 줄 알기 때문에 더구나 심정이 났다. 화가 나는 대로 하면 어린아이가 입고 온 양복도 벗겨 내던지고 싶었으나 꿀꺽 참았다.

11

일찍 맛보지 못한 새살림을 P는 시작하였다.

창선이가 도착한 날 밤.

창선이는 아랫목에서 색색 잠을 자고 있다. 외롭게 꿈을 꾸고 있으려니 생각하매 전에 없던 애정이 솟아오르는 듯하였다.

이튿날 아침 일찍 창선이를 데리고 ××인쇄소에 가서 A에게 맡기고 안 내키는 발길을 돌이켜 나오는 P는 혼자 중얼거렸다.

"레디메이드 인생이 비로소 겨우 임자를 만나 팔리었구나."

2장

치숙
·······

우리 아저씨 말이지요, 아따 저 거시키, 한참 당년에 무엇이냐 그놈의 것, 사회주의라더냐, 막걸리라더냐 그걸 하다, 징역 살고 나와서 폐병으로 시방 앓고 누웠는 우리 오촌 고모부 그 양반.

머, 말두 마시오. 대체 사람이 어쩌면 글쎄. 내 원!
신세 간 데 없지요.

자, 십 년 적공, 대학교까지 공부한 것 풀어먹지도 못했지요, 좋은 청춘 어영부영 다 보냈지요, 신분에는 전과자라는 붉은 도장 찍혔지요, 몸에는 몹쓸 병까지 들었지요, 이 신세를 해가지굴랑은 굴속 같은 오두막집 단간 셋방 구석에서 사시장철 밤이나 낮이나 눈 따악감고 드러

69

누웠군요.

재산이 어디 집 터전인들 있을 턱이 있나요. 서발 막대 내저어야 짚검불 하나 걸리는 것 없는 철빈(鐵貧)인데.

우리 아주머니가, 그래도 그 아주머니가, 어질고 얌전해서 그 알뜰한 남편양반 받드느라 삯바느질이야, 남의 집 품빨래야, 화장품 장사야, 그 칙살스런 벌이를 해다가 겨우겨우 목구멍에 풀칠을 하지요.

어디루 대나 그 양반은 죽는 게 두루 좋은 일인데 죽지도 아니해요.

우리 아주머니가 불쌍해요. 아, 진작 한 나이라도 젊어서 팔자를 고치는 게 아니라, 무슨 놈의 수난 후분을 바라고 있다가 고생을 하는지.

근 이십 년 소박을 당했지요.

이십 년을 섦은 청춘 한숨으로 보내고서 다아 늦게야 송장 여대치게 생긴 그 양반을 그래도 남편이라고 모셔다가는 병 수종들으랴, 먹고 살랴, 애가 진하고 다니는 걸 보면 참말 가엾어요.

그게 무슨 죄다짐이람? 팔자, 팔자 하지만 왜 팔자를 고치지를 못하고서 그래요. 죄선(朝鮮) 구식 부인네들은 다아 문명을 못하고 깨지를 못해서 그러지.

그 양반이 한시바삐 죽기나 했으면 우리 아주머니는 차라리 신세 편하리다.

심덕 좋겠다, 솜씨 얌전하겠다 하니 어디 가선들 제가 일신 몸 가누고 편안히 못 지내요.

가만있자, 열 여섯 살에 아저씨네 집으로 시집을 갔다니깐 그게 내가 세살 적이니 꼬박 열 여덟해로군. 열 여덟 해면 이십 년 아니요.

그때 우리 아저씨 양반은 나이 어리기도 했지만 공부를 한답시고 서울로, 동경으로 십여 년이나 돌아다녔고 조끔 자라서 색시 재미를 알 만하니까는 누가 예쁘달까봐 이혼하자고 아주머니를 친정으로 쫓고는 통히 불고를 하고.

공부를 다 마치고 오더니만 그담에는 그놈의 짓에 디립다 발광해 다니면서 명색 학생 출신이라는 딴 여편네를 얻어 살았지요. 그 여편네는 나도 몇 번 보았지만 쌍판대기라고 별반 출 수도 없이 생겼습디다. 그 인물로 남의 첩이야? 일색 소박은 있어도 박색 소박은 없다더니, 사실 소박맞은 우리 아주머니가 그 여편네께다 대면 월등 예뻤다우.

그래 그 뒤에, 그 양반은 필경 붙들려 가서 오 년이나 전중이를 살았지요. 그 동안에 아주머니는 시집이고 친정이고 모두 폭 망해서 의지가지없이 됐지요.

그러니 어떻게 해요? 자칫하면 굶어 죽을 판인데.

할 수 없이 얻어먹고 살기도 해야 하려니와 또 아저씨 나오는 것도 기다려야 한다고 나를 발련삼아 서울로 올라왔더군요. 그게 그러니까 아저씨가 나오던 전해로군.

그때 내가 나이는 어려도 두루 날뛴 보람이 있어서 이내 구라다상네 식모로 들어갔지요.

그 무렵에 참 내가 아주머니더러 여러 번 권면을 했지요. 그러지 말고 개가(改嫁)를 가라고. 글쎄 어린 소견에도 보기에 퍽 딱하고 민망합디다.

계제에 마침 또 좋은 자리가 있었고요. 미네상이라고 미쓰꼬시 앞에서 바나나 다다끼우리(投賣)를 하는 인데 사람이 퍽 좋아요.

우리집 다이쇼(主人)도 잘 알고 허는데, 그이가 늘 날더러 죄선 오깜상하구 살았으면 좋겠다고, 중매 서 달라고 그래쌌어요.

돈은 모아 둔 게 없어도 다아 벌어먹고 살 만하니까

그런 사람 만나서 살면 아주머니도 신세 편할 게 아니냐구요.

　그런 걸 글쎄 몇 번 말해도 숭헌 소리 말라고 듣덜 않는 걸 어떡허나요.

　아뭏든 그런 것 말고라도 참, 흰말이 아니라 이날 이때까지 내가 그 아주머니 뒤도 많이 보아주었다우. 또 나도 그럴 만한 은공이 없잖아 있구요.

　내가 일곱 살에 부모를 잃었지요. 그리고 나서 의탁할 곳이 없이 됐는데 그때 마침 소박을 맞고 친정살이를 하는 그 아주머니가 나를 데려다가 길러 주었지요.

　그때만 해도 그 집이 그다지 군색하게 지내든 안했으니깐요. 아주머니도 아주머니지만 종조할머니며 할아버지도 슬하에 딴 자손이 없어서 나를 퍽 귀여워하셨지요.

　열두 살까지 그 집에서 자랐군요.
　사 년이나마 보통학교도 다녔고.

　아마 모르면 몰라도 그 집안이 그렇게 치패(致敗)하지만 안했으면 나도 그냥 붙어 있어서 시방쯤은 전문학교까지는 다녔으리다.

이런 은공이 있으니까 나도 그걸 저바리지 않고 그래서 내 깜냥에는 갚을 만치 갚느라고 갚은 셈이지요.

허기야 요새도 간혹 아주머니가 찾아와서 양식 없다는 사정을 더러 하군 하는데 실로 정말이지 좀 성가시기는 해요.

그러는 족족 그 수응을 하자면 내 일을 못하겠는걸. 그래 대개 잘라떼기는 하지요.

그렇지만 그밖에 가령 양 명절 때면 고깃근이라도 사보낸다든지, 또 오면가면 이얘기낱이라도 한다든지 그런 걸 결단코 범연히 하든 않으니까요.

아뭏든 그래서, 아주머니는 꼬박 일년 동안 구라다 상네 집 오마니로 있으면서 월급 오 원씩 받는 걸 그래도 고스란히 저금을 하고, 또 틈틈이 삯바느질을 맡아다가 조끔씩 벌어 보태고 또 나올 무렵에 구라다상네 양주가 퍽 기특하다고 돈 칠 원을 상급(賞給)으로 주고 그런 게 이럭저럭 돈 백 원이나 존존히 됐지요.

그 돈으로 방 한 간 얻고 살림 나부랭이도 조금 장만하고, 그래 놓고서 마침 그 알량꼴량한 서방님이 뇌여나오니까 그리루 모셔들였지요.

뇌여 나는 날 나도 가서 보았지만 가막소 문 앞에 막 나서자 아주머니가 기다리고 있으니까 그래도 눈물이 핑! 돌던데요.

전에 그렇게도 죽을둥살둥 모르고 좋아하던 첩년은 꼴도 안 뵈구요. 남의 첩년이라껀 다아 그런거지요 뭐.

우리 아저씨 양반은 혹시 그 여편네가 오지 않았나 하고 사방을 휘휘 둘러보던데요. 속이 그렇게 없다니까. 여편네는커녕 아주머니하구 나하구 그 외는 어리친 개새끼 한 마리 없드라.

그래 마악 자동차에 올라타려다가 피를 토했지요. 나중에 들었지만 가막소 안에서 달포 전부터 토혈을 했다나봐요.

그래 다아 죽어 가는 반송장을 업어 오다시피 해다가 뉘어 놓고, 그날부터 아주머니는 불철주야로 할 짓 못할 짓 다해 가면서 부시대고 날뛴 덕에 병도 차차로 차도가 있고 그러더니 인제는 완구히 살아는 났지요. 뭐 참 시방은 용꼴인걸요, 용꼴.

부인네 정성이 무서운 겝디다.

꼬박 삼년이군. 나같으면 돌아가신 부모가 살아오신대도 그짓 못해요.

자, 그러니 말이지요. 우리 아저씨라는 양반이 작히 나 양심이 있고 다아 그럴 양이면, 어허 내가 어서 바뻐 몸이 충실해져서 어서 바뻐 돈을 벌어다가 저 아내를 편안히 거느리고 이 은공과 전날의 죄를 갚아야 하겠구나. 이런 맘을 먹어야 할 게 아니나요.

아주머니의 은공을 갚자면 발에 흙이 묻을세라 업고 다녀도 참 못다 갚지요.

그러고 저러고 간에 자기도 인제는 속 차려야지요. 허기야 속을 차려서 무얼 하재도 전과자니까 관리나 또 회사 같은 데는 들어가지 못하겠지만 그야 자기가 저지른 일인 걸 누구를 원망할 일도 아니고, 그러니 막 벗어붙이고 노동이라도 해야지요.

대학교 출신이 막벌이 노동이라께 꼴 가관이지만 그래도 할 수 없지, 머.

그런 걸 보고 가만히 나를 생각하면, 만약 우리 종조할아버지네 집안이 그렇게 치패를 안해서 나도 전문학교나 대학교를 졸업을 했으면 혹시 우리 아저씨 모양이 됐을지도 모를 테니 차라리 공부 많이 않고서 이 길로 들어선 게 다행이다. 이런 생각이 들어요.

사실 우리 아저씨 양반은 대학교까지 졸업하고도 인제는 기껏 해먹을 게란 막벌이 노동밖에 없는데, 요 보통학교 사 년 겨우 다니고서도 시방 앞길이 환히 트인 내게다 대면 고쓰까이(小使)만도 못하지요.

아, 그런데 글쎄 막벌이 노동을 하고 어쩌고 하기는커녕 조금 바시시 살아날만하니까 이 주책꾸러기 양반이 무슨 맘보를 먹는고 하니, 내 참 기가 막혀!

아—니, 그놈의 것하구는 무슨 대천지 원수가 졌단 말인지, 어쨌다고 그걸 끝끝내 하지 못해서 그 발광인고?

그러나마 그게 밥이 생기는 노릇이란 말이지? 명예를 얻는 노릇이란 말이지, 필경은 붙잡혀 가서 징역 사는 놀음?

아마 그놈의 것이 아편하구 꼭같은가 봐요. 그렇길래 한번 맛을 들이면 끊지를 못하지요.

그렇지만 실상 알고 보면 그게 그다지 재미가 난다거나 맛이 있다거나 그런 것도 아니드군 그래요. 부랑당패든데요. 하릴없이 부랑당팹니다.

저어 서양 어디선가, 일하기 싫어하는 게름뱅이 몇 놈이 양지짝에 모여 앉아서 놀고 먹을 궁리를 했더라나요. 우리집 다이쇼가 다아 자상하게 이야기를 해줍디다.

게- 그 녀석들이 서루 구논을 하기를, 자, 이 세상에는 부자가 있고 가난한 사람이 있고 하니 그건 도무지 공평한 일이 아니다. 사람이란 건 이목구비하며 사지 육신을 꼭같이 타고났는데 누구는 부자로 잘살고 누구는 가난하다니 그게 될 말이냐. 그러니 부자가 가진 것을 우리 가난한 사람들하구 다같이 고르게 나눠먹어야 경우가 옳다.

야 그거 옳은 말이다. 야! 그 말 좋다. 자 나눠 먹자.

아, 이렇게 설도를 해가지고 우- 하니 들고 일어났다는군요.

아 니, 그러니 그게 생날부랑당놈의 짓이 아니고 무어요

사람이란 것은 제가끔 분지복이 있어서 기수(氣數)를 잘 타고나든지 부지런하면 부자가 되는 법이요, 복록을 못 타고나든지 게으른 놈은 가난하게 사는 법이요. 다아 이렇게 마련인데 그거야말루 공평한 천리인 것을, 됩다 불공평하다께 될 말이요? 그리구서 억지로 남의 것을 뺏아먹자고 들다니 그놈들이 부랑당이지 무어요.

짓이 부랑당 짓일 뿐만 아니라, 또 만약에 그러기로 들면 게으른 놈은 점점더 게으름만 부리고 쫓아다니면서 부자 사람네가 가진 것만 뺏아먹을 테니 이 세상은 통으로 도적놈의 판이 될 게 아니요? 그나마, 부자 사람네가 모아둔 걸 다아 뺏기고 더는 못 먹어 내는 날이면 그때는 이 세상 망하는 날이 아니요.

제마다 남이 농사 지어 놓으면 그걸 뺏아 먹으려고 일 않고 번둥번둥 놀 것이고 남이 옷감 짜놓으면 그걸 뺏아다가 입으려고 번둥번둥 놀 것이고 그럴 테니 대체 곡식이며 옷감이며 그런 것이 다아 어디서 나올 데가 있어야지요. 세상 망할밖에!

글쎄 그놈의 짓이 그렇게 세상 망쳐놀 장본인 줄은 모르고서 가난한 놈들 - 그 중에도 일하기 싫은 게으름뱅이들이 위선 당장 부자집 사람네 것을 뺏아먹는다니까 거기 혹해가지굴랑 너두 나두 와 - 하니 참섭을 했다는구료.

바루 저 '아라사'가 그랬대요.

그래서 아니나다를까 농군들이 곡식을 안 만들기 때문에 사람이 수만 명씩 굶어죽는다는구료.

빠안한 이치지 뭐.

위선 먹기는 곶감이 달다고 그 지랄들을 했다가 잘 코사니야!

아 그런데 그 못된 놈의 풍습이 삽시간에 동서양 각국 안 간 데 없이 퍼져가지굴랑 한동안 내지에도 마구 굉장히 드세게 돌아다녔고 내지가 그러니까 멋도 모르는 죄선 영감상들도 덩달아서 그 숭내를 냈다나요. 그렇지만 시방은 그새 나라에서 엄하게 밝히고 금하고 한 덕에 많이 머츰해졌고 그런 마음 먹는 사람은 별반 없다나 봐요.

그럴게지 글쎄. 아, 해서 좋으량이면야 나라에선들 왜 금하며 무슨 원수가 졌다고 붙잡아다가 징역을 살리나요.

좋고 유익한 것이면 나라에서 도리어 장려하고 잘할라치면 상급도 주고 그러잖아요.

활동사진이며 스모며 만자이며 또 왓쇼왓쇼랄지 세이레이 낭아시랄지 라디오 체조랄지 이런 건 다아 유익한 것이니까 나라에서 설도도 하고 그리잖아요.

나라라는 게 무언데? 그런 걸 다아 잘 분간해서 이럴 건 이러고 저럴 건 저러라고 지시하고 그 덕에 백성들을 제가끔 제 분수대루 편안히 살두룩 애써주는 게 나라 아니요.

그놈의 것 사회주의만 하더라도 나라에서 금하들 않고 저희가 하는 대루 두어 두었어보아? 시방쯤 세상이 무엇이 됐을지.

다른 사람들도 낭패본 사람이 많았겠지만 위선 나만 하더라도 글쎄 어쩔 뻔했어! 아무 일도 다 틀리고 뒤죽박죽이지.

내 이상과 계획은 이렇거든요.

우리집 다이쇼가 나를 자별히 귀여워하고 신용을 하니깐 인제 한 십 년만 더 있으면 한밑천 들여서 따루 장사를 시켜 줄 눈치거든요.

그러거들랑 그것을 언덕삼아 가지고 나는 삼십 년 동안 예순 살 환갑까지만 장사를 해서 꼭 십만 원을 모을 작정이지요. 십만 원이면 죄선 부자로 쳐도 천석군이니 머, 떵떵거리고 살 게 아니라구요.

그리고 우리 다이쇼도 한 말이 있고 하니까 나는 내지인 규수한테로 장가를 들래요. 다이쇼가 다아 알아서 얌전한 자리를 골라 중매까지 서 준다고 그랬어요. 내지 여자가 참 좋지요.

나는 죄선 여자는 거저 주어도 싫어요.

구식 여자는 얌전은 해도 무식해서 내지인하구 교제하는 데 안됐고, 신식 여자는 식자가 들었다는 게 건방져서 못쓰고 도무지 그래서 죄선 여자는 신식이고 구식이고 다아 제에발이야요.

내지 여자가 참 좋지 머. 인물이 개개 일짜로 예쁘겠다, 얌전하겠다, 상냥하겠다, 지식이 있어도 건방지지 않겠다, 조음이나 좋아!

그리고 내지 여자한테 장가만 드는 게 아니라 성명도 내지인 성명으로 갈고, 집도 내지인 집에서 살고, 옷도 내지 옷을 입고 밥도 내지 식으로 먹고, 아이들도 내지인 이름을 지어서 내지인 학교에 보내고. 내지인 학교래야지 죄선 학교는 너절해서 아이를 버려 놓기나 꼭 알맞지요.

그리고 나도 죄선말은 싹 걷어치우고 국어만 쓰고요.

이렇게 다아 생활법식부텀도 내지인처럼 해야만 돈도 내지인처럼 잘 모으게 되거든요.

내 이상이며 계획은 이래서 이십만 원짜리 큰 부자가 바루 내다뵈고 그리루 난 길이 환하게 트이고 해서 나는 시방 열심으로 길을 가고 있는데 글쎄 그 미쳐 살기 든 놈들이 세상 망쳐버릴 사회주의를 하려 드니 내가 소름이 끼칠 게 아니라구요? 말만 들어도 끔찍하지!

세상이 망해서 뒤집히면 그래 나는 어쩌란 말인구? 아무것도 다아 허사가 될테니 그런 억울할 데가 있드람?

머 참 우리집 다이쇼 말이 일일이 지당해요. 여느 절도나 강도나 사기나 그런 죄는 도적이면 도적을 해가는 그 당장, 그 돈만 축을 내니까 오히려 죄가 가볍지만, 그 놈의 것 사회주의인지 지랄인지는 온 세상을 뒤죽박죽을 만들어 놓고 나라를 통째로 소란하게 하니까 도저히 용서할 수가 없대요.

용서라니! 나 같으면 그런 놈들은 모주리 쓸어다가 마구 그저 그냥.

그런 일을 생각하면 털어놓고 말이지 우리 아저씬가 그 양반도 여간 불측스리 뵈들 않아요. 사실 아주머니만 아니면 내가 무슨 천주학이라고, 나쁜 병까지 앓는 그 양반을 찾아다니나요. 죽는대도 코도 안 풀어 붙일걸.

그러나마 전자의 죄상을 다아 회개를 하고 못된 마음은 씻어 바렸을제 말이지, 머 흰 개꼬리 삼년이라더냐, 종시 그 모양인걸요.

그러니깐 그가 밉살머리스러워서, 더러 들렀다가 혹시 마주앉아도 위정 뼈끝 저린 소리나 내쏘아 주고 말을 따잡아 가지굴랑 꼼짝 못하게시리 몰아세주군 하지요.

저번에도 한번 혼을 단단히 내주었지요. 아, 그랬더니 아주머니더러 한다는 소리가, 그 녀석 사람 버렸더라고, 아무짝에고 못쓰게 길이 들었더라고 그러더라나요.

내 원, 그 소리 듣고 하두 어처구니가 없어서!

대체 사람도 유만부동이지 그 아저씨가 날더러 사람 버렸느니 아무짝에도 못쓰게 길이 들었느니 하더라니, 원 입이 몇 개나 되면 그런 소리가 나오는 구멍도 있누.

죄선 벙어리가 다아 말을 해도 나 같으면 할말 없겠더구먼서두, 하면 다아 말인 줄 아나봐.

이를테면 그게 명색 훈계 비슷한 거렸다? 내게다가 맞대놓고 그런 소리를 하다가는 되잽혀서 혼이 날 테니까 슬며시 아주머니더러 일르란 요량이던 게지.

기가 막혀서. 하느님이 사람의 콧구멍 두개로 마련하기 참 다행이야.

글쎄 아무려면 내가 자기처럼 다아 공부는 못하고 남의 집 고조 노릇으로 반또(番頭)노릇으로 이렇게 굴러먹을 갑시, 이래 보여도 표창을 두 번이나 받은 모범 점원

84

이요, 남들이 똑똑하고 재주 있고 얌전하다고 칭찬이 놀랍고 앞길이 환히 트인 유망한 청년인데 그래 자기 눈에는 내가 버린 놈이고 아무짝에도 못쓰게 길이 든 놈으로 보였단 말이지.

하하, 오옳지! 거 참 그렇겠군. 자기는 자기 하는 짓이 옳으니까 나의 하는 짓은 다아 글렀단 말이렷다.

그러니까 나도 자기처럼 그놈의 것 사회주의인지 급살맞을 것인지나 하다가 징역이나 살고 전과자나 되고 폐병이나 앓고 다아 그랬더라면 사람 버리지도 않고 아무짝에도 못쓰게 길든 놈도 아니고 그럴 뻔했군 그래!

흥! 참.

제 밑 구린 줄 모르고서 남더러 어쩌구 저쩌구 한다는 게 꼭 우리 아저씨 그 양반을 두고 일른 말인가봐.

그날도 실상 이랬더라우. 혼을 내주었더니 아주머니더러 그런 소리를 하더란 그날 말이요.

그날이 마침 내가 쉬는 날이길래 아주머니더러 할 이야기도 있고 해서 아침결에 좀 들렀더니 아주머니는 남의 혼인집으로 바느질을 해주러 갔다고 없고, 아저씨 양반만 여전히 아랫목에 가서 드러누웠어요.

그런데 보니깐 어디서 모두 뒤져냈는지 머리맡에다가 헌 언문 잡지를 수북이 싸 놓고는 그걸 뒤져요.

그래 나도 심심삼아 한 권 집어들고 떠들어 보았더니 머 읽을 맛이 나야지요.

대체 죄선 사람들은 잡지 하나를 해도 어찌 모두 그 꼬락서니로 해 놓는지.

사진도 없지요, 망가(漫畵)도 없지요.

그리구는 맨판 까달스런 한문 글자로다가 처박아 놓으니 그걸 누구더러 보란 말인고.

더구나 우리 같은 놈은 언문도 그런대루 뜯어보기는 보아도 읽기에 여간만 폐롭지가 않아요.

그러니 어려운 언문하고 까다로운 한문하고를 섞어서 쓴 글을 뜻을 몰라 못 보지요. 언문으로만 쓴 것은 소설 나부랭인데 읽기가 힘이 들 뿐 아니라 또 죄선 사람이 쓴 소설이란 건 재미가 있어야죠. 나는 죄선 신문이나 죄선잡지하구는 담쌓고 남된 지 오랜걸요.

잡지야 머 '킹구'나 '쇼넹구라부' 덮어 먹을 잡지가 있나요. 참 좋아요.

한문 글자마다 가나를 달아 놓았으니 어떤 대문을 척 펴 들어도 술술 내리읽고 뜻을 횅하니 알수가 있지요.

그리고 어떤 대문을 읽어도 유익한 교훈이나 재미나는 소설이지요.

소설 참 재미있어요. 그 중에도 기구지 깡(菊池寬) 소설. 어쩌면 그렇게도 아기자기하고도 달콤하고도 재미가 있는지. 그리고 요시가와 에이지(吉川英治), 그의 소설은 진찐바라바라하는 지다이모노(時代物)인데 마구 어깻바람이 나구요.

소설이 모두 그렇게 재미가 있지요, 망가가 많지요, 사진이 많지요, 그리구도 값은 조음 헐하나요. 십오전이면 바루 고 전달치를 사볼 수 있고 보고 나서는 오전에 도루 파는데요.

잡지도 기왕 할려거든 그렇게나 해야지 죄선 사람들은 제엔장 큰소리는 곧잘 하더구만서두 잡지 하나 반반한 거 못 맨들어내니!

그날도 글쎄 잡지가 그 꼴이라 애여 글을 볼 멋도 없고 해서 혹시 망가나 사진이라도 있을까 하고 책장을 후루루 넹기느라니깐 마침 아저씨 이름이 있겠다요! 하두 신통해서 쓰윽 펴 들고 보았더니 제목이 첫줄은, 경제·사회. 무엇 어쩌구 잔 주를 달아 놨겠지요.

그것만 보아도 벌써 그럴듯해요. 경제는 아저씨가 대학교에서 경제를 배웠다니까 경제 속은 잘 알 것이고 또 사회는, 그것 역시 사회주의를 했으니까, 그 속도 잘 알 것이고, 그러니까 경제하고 사회주의하고 어떻게 서루 관계가 되는 것이며 어느 편이 옳다는 것이며 그런 소리를 썼을 게 분명해요.

머, 보나 안 보나 빠안하지요. 대학교까지 가설랑 경제를 배우고도 돈 모을 생각은 않고서 사회주의만 하고 다닌 양반이라 경제가 그르고 사회주의가 옳다고 우겨 댔을 게니깐요.

아무렇든 아저씨가 쓴 글이라는 게 신기해서 좀 보아 볼 양으로 쓰윽 훑어봤지요. 그러나 웬걸 읽어 먹을 재주가 있나요.

글자는 아주 어려운 자만 아니면 대강 알기는 알겠는데 붙여 보아야 대체 무슨 뜻인지를 알 수가 있어야지요.

속이 상하길래 읽어보자던 건 작파하고서 아저씨를 좀 따잡고 몰아셀 양으로 그 대목을 차악 펴 놨지요.

"아저씨?"

"왜 그러니?"

"아저씨가 여기다가 경제 무어라구 쓰구 또, 사회 무어라구 썼는데, 그러면 그게 경제를 하란 뜻이요 사회주의를 하라는 뜻이요?"

"뭐?"

못 알아듣고 뚜렷뚜렷해요. 자기가 쓰고도 오래 돼서 다아 잊어버렸거나 혹시 내가 말을 너무 까다롭게 내기 때문에 섬뻑 대답이 안나왔거나 그랬겠지요. 그래 다시 조곤조곤 따졌지요.

"아저씨! 경제라 껏은 돈 모아서 부자되라는 거 아니요? 그런데 사회주의라 껏은 모아둔 부자 사람의 돈을 뺏아 쓰는 거 아니요"

"이 애가 시방!"

"아-니, 들어보세요."

"너, 그런 경제학, 그런 사회주의 어디서 배웠니?"

"배우나마나, 경제라 껀 돈 많이 벌어서 애껴 쓰구 나머지 모아 두는 게 경제 아니요."

"그건 보통, 경제한다는 뜻으로 쓰는 경제고, 경제학이니 경제적이니 하는 건 또 다르다."

"다른 게 무어요? 경제는, 돈 모으는 것이고 그러니까 경제학이면 돈 모으는 학문이지요."

"아니란다. 혹시 이재학(理財學)이라면 돈 모으는 학문이라고 해도 근리(近理)할지 모르지만 경제학은 그런게 아니란다."

"아―니 그렇다면 아저씨 대학교 잘못 다녔소. 경제 못하는 경제학 공부를 오 년이나 했으니 그거 무어란 말이요? 아저씨가 대학교까지 다니면서 경제 공부를 하구두 왜 돈을 못 모으나 했더니 인제보니깐 공부를 잘못해서 그랬군요!"

"공부를 잘못했다? 허허. 그랬을는지도 모르겠다. 옳다 네 말이 옳아!"

이거 봐요 글쎄. 담박 꼼짝 못하잖나. 암만 대학교를 다니고, 속에는 육조를 배포했어도 그렇다니깐 글쎄.

"아저씨?"

"왜 그러니?"

"그러면 아저씨는 대학교를 다니면서 돈 모아 부자 되는 경제 공부를 한 게 아니라 모아 둔 부자 사람네 돈 뺏아 쓰는 사회주의 공부를 했으니 말이지요."

"너는 사회주의가 무얼루 알구서 그러냐?"

"내가 그까짓걸 몰라요."

한바탕 주욱 설명을 했지요.

내 얼굴만 물끄러미 올려다보고 누웠더니 피쓱 한번 웃어요. 그리고는 그 양반이 하는 소리겠다요.

"그게 사회주의냐? 불한당이지."

"아~니, 그럼 아저씨두 사회주의가 부란당인 줄은 아시는구려?"

"내가 어째 사회주의가 불한당이랬니?"

"방금 그리잖았어요?"

"글쎄, 그건 사회주의가 아니라 불한당이란 그 말이다."

"거보시우! 사회주의란 것은 그렇게 날부랑당이어요. 아저씨두 그렇다구 하면서 아니시래요."

"이 애가 시방 입심 겨름을 하재나!"

이거 봐요. 또 꼼짝 못하지요? 다아 이래요 글쎄.

"아저씨?"

"왜 그러니?"

"아저씨두 맘 달리 잡수시요."

"건 어떻게 하는 말이야?"

"걱정 안되시우?"

"날 같은 사람이 걱정이 무슨 걱정이냐? 나는 네가
걱정이더라."

"나는 머 버젓하게 요량이 있는 걸요."

"어떻게?"

"이만저만 한가요!"

또 한바탕 주욱 설명을 했지요. 이 얘기를 다아 듣더
니 그 양반 한다는 소리 좀 보아요.

"너두 딱한 사람이다!"

"왜요?"

"… …"

"아-니, 어째서 딱하다구 그러시우?"

"… …"

"네? 아저씨."

"… …"

"아저씨?"

"왜 그래?"

"내가 딱하다구 그리셨지요."

"아니다. 나 혼자 한 말이다."

"그래두."

"이애!"

"네?"

"사람이란 것은 누구를 물론허구 말이다, 아첨하는 것같이 더러운 게 없느니라."

"아첨이요?"

"저 위로는 제왕, 밑으로는 걸인, 그 모든 사람이 위선 시방 이 제도의 이 세상에서 말이다, 제가끔 제 분수 대루 살아가는 데 있어서 말이다, 제 개성을 속여가면서 꺼정 생활에다가 아첨하는 것같이 더러운 것이 없고, 그런 사람같이 가련한 사람은 없느니라. 사람이라껀 밥 두 그릇이 하필 밥 한 그릇보다 더 배가 부른 건 아니니까."

"그건 무슨 뜻인데요."

"네가 일본인 여자와 결혼을 해서 성명까지 갈고 모든 생활법도를 일본화하겠다는 것이 말이다."

"네, 그게 좋잖아요?"

"그것이 말이다. 진실로 깊은 교양이나 어진 지혜의 판단에서 우러나온 것이라면 그도 모를 노릇이겠지. 그렇지만 나는 보매 네가 그런다는 것은 다른 뜻으로 그러는 것 같다."

"다른 뜻이라니요?"

"네 주인의 비위를 맞추고 이웃의 비위를 맞추고 하자고."

"그야 물론이지요! 다이쇼의 신용을 받아야 하고 이웃 내지인들하구두 좋게 지내야지요. 그래야 할 게 아니겠어요?"

"… …"

"아저씨는 아직두 세상물정을 모르시오. 나이는 나보담 많구 대학교 공부까지 했어도 일찌감치 고생살이를 한 나만큼 세상 물정은 모릅니다. 시방이 어느 세상인데 그러시우."

"이애!"

"네?"

"네가 방금 세상물정이랬지?"

"네."

"앞길이 환하니 틔었다구 그랬지?"

"네."

"환갑까지 십만 원 모은다구 그랬지?"

"네."

"네가 말하려는 세상물정하구 내가 말하려는 세상 물정하구 내용이 다르기도 하지만 세상물정이란 건 그야 말로 그리 만만한 게 아니다."

"네?"

"사람이라껀 제아무리 날구 뛰어도 이 세상에 형적 없이 그러나 세차게 주욱 흘러가는 힘 – 그게 말하자면 세살물정이겠는데 – 결국 그것의 지배하에서 그것을 따라가지, 별수가 없는 거다."

"네?"

"쉽게 말하면 계획이나 기회를 아무리 억지루 만들 어 놓아도 결과가 뜻대루는 안된단 말이다."

"젠장, 아저씨두. 요전 '킹구'라는 잡지에두 보니까, 나폴레옹이라는 서양 영웅이 그랬답디다. 기회는 제가 만든다구, 그리고 불가능이란 말은 바보의 사전에서나

찾을 글자라구요. 아 자꾸자꾸 계획하구 기회를 만들구 해서 분투노력해 나가면 이 세상 일 안되는 일이 어디 있나요? 한번 실패하거든 갑절 용기를 내 가지구 다시 일어서지요. 칠전팔기 모르시오?"

"나폴레옹도 세상물정에 순응할 때는 성공했어도 그것에 거슬리다가 실패를 했더란다. 너는 칠전팔기해서 성공한 몇 사람만 보았지, 여덟번 일어섰다가 아홉번째 가서 영영 쓰러지구는 다시 일지 못한 숱한 사람이 있는 건 모르는구나?"

"그래두 인제 두구보시우. 나는 천하없어두 성공하구 말 테니. 아저씨는 그래서 더구나 못 써요. 일해보기두 전에 안될 줄로 낙심 먼저 하구."

"하늘은 꼭 올라가보구래야만 높은 줄 아니?"

원 마지막 가서는 할 소리가 없으니깐 동에도 닿지 않는 비유를 가져다 둘러대는 걸 보아요. 그게 어디 당한 말인구? 안 올라가보면 머 하늘 높은 줄 모를 천하 멍텅구리도 있을까?

그만해 두려다가 심심하길래 또 말을 시켰지요.

"아저씨?"

"왜 그래?"

"아저씨는 인제 몸 다아 충실해지면 어떡허실려우?"

"무얼?"

"장차."

"장차?"

"어떡허실 작정이세요?"

"작정이 새삼스럽게 무슨 작정이냐."

"그럼 아저씨는 아무 작정 없이 살아가시우?"

"없기는?"

"있어요?"

"있잖구."

"무언데요?"

"그새 지내오던 대루."

"그러면 저 거시키, 무엇이냐 도루 또 그걸?"

"그렇겠지."

"아저씨?"

"… …"

"아저씨?"

"왜 그래?"

"인제 그만두시우."

"그만두라구?"

"네."

"누가 심심소일루 그리는 줄 아느냐?"

"그러잖구요?"

"… …"

"아저씨?"

"… …"

"아저씨?"

"왜 그래?"

"아저씨 올에 몇이지요?"

"서른 셋."

"그러니 인제는 그만큼 해두고 맘 잡아서 집안일 할 나이두 아니요."

"집안 일을 해서 무얼 하나?"

"그러기루 들면 그 짓은 해서 또 무얼 하나요?"

"무얼 하려구 하는 게 아니란다."

"그럼, 아무 희망이나 목적이 없으면서 그래요."

"목적? 희망?"

"네."

"개인의 목적이나 희망은 문제가 다르니까. 문제가 안되니까."

"원, 그런 법도 있나요?"

"법?"

"그럼요!"

"법이라!"

"아저씨?"

"… …"

"아저씨"

"왜 그래?"

"아주머니가 고맙잖습디까?"

"고맙지."

"불쌍하지요?"

"불쌍? 그렇지, 불쌍하다면 불쌍한 사람이지!"

"그런 줄은 아시누만?"

"알지."

"알면서 그러시우?"

"고생을 낙으로, 그 쓰라린 맛을 씹고 씹고 하면서 그것에서 단맛을 알아내는 사람도 있느니라. 사람도 있는 게 아니라 사람마다 무슨 일에고 진정과 정신을 꼬박 거기다가만 쓰면 그렇게 되는 법이니라. 그러니까 그쯤 되면 그때는 고생이 낙이지. 너희 아주머니만 두고보더라도 고생이 고생이면서도 고생이 아니고 고생하는 게 낙이란다."

"그렇다고 아저씨는 그걸 다행히만 여기시우?"

"아니."

"그렇거들랑 아저씨두 아주머니한테 그 은공을 더러는 갚아야 옳을 게 아니요?"

"글쎄, 은공을 모르는 건 아니지만."

"그러니 인제 병이나 확실히 다아 나신 뒤엘라컨."

"바빠서 원."

글쎄 이 한다는 소리 좀 보지요? 시치미 뚜욱 떼고 누워서 바쁘다는군요!

사람 속차릴 여망 없어요. 그저 어디루 대나 손톱만치도 쓸모는 없고 남한테 사폐만 끼치고 세상에 해독만 끼칠 사람이니, 머 하루바삐 죽어야 해요. 죽어야 하고 또 죽어서 마땅해요. 그런데 글쎄 죽지를 않고 꼼지락꼼지락 도루 살아나니 성화라구는, 내. *

3장
미스터 방

주인과 나그네가 한가지로 술이 거나하니 취하였다.
주인은 미스터 방(方), 나그네는 주인의 고향 사람 백(白)
주사.

주인 미스터 방은 술이 거나하여 감을 따라, 그러지
않아도 이즈음 의기 자못 양양한 참인데 거기다 술까지
들어간 판이고 보니, 가뜩이나 기운이 불끈불끈 솟고 하
늘이 바로 돈짝만한 것 같은 모양이었다.

"내 참, 뭐, 흰말이 아니라 참, 거칠 것 없어, 거칠 것.
흥, 어느 눔이 아, 어느 눔이 날 뭐라구 허며, 날 괄시헐
눔이 어딨어, 지끔 이 천지에. 흥 참, 어림없지, 어림없어."

누가 옆에서 저를 무어라고를 하며 괄시를 한단 말

인지, 공연히 연방 그 툭 나온 눈방울을 부리부리, 왼편으로 삼십도는 넉넉 삐뚤어진 코를 벌씸벌씸 해가면서 그래 쌓는 것이었었다.

"내 참, 이래봬두, 응, 동양 삼국 물 다 먹어 본 방삼(方三)복이우. 청얼(淸語) 뭇 허나, 일얼 뭇 허나, 영어야 뭐 말할 것두 없구."

하다가, 생각난 듯이 맥주컵을 들어 벌컥벌컥 단숨에 다 마신다. 그리고는 시꺼먼 손등으로 입술을 쓱, 손가락으로 김치쪽을 늘름 한 점, 그러던 버릇이, 미스터 방이요, 신사요, 방선생으로도 불리어지는 시방도, 무심중 절로 나와, 손등으로 입술의 맥주 거품을 쓱 씻고, 손가락으로 나조기 한 점을 집어다 우둑우둑 씹는다.

"술은 참, 맥주가 술입넨다."

어느 놈이 만일 무어라고 시비를 하거나 괄시를 한다면 당장 그 나조기를 씹듯이 우둑우둑 잡아 씹기라도 할 듯이 괄괄하던 결기가, 그러다 별안간 어디로 가고서 이번엔 맥주 추앙이 나오던 것이다.

"술두 미국 사람네가 문명했죠. 죄선 사람은 안직두
멀었어."
"멀구말구. 아직두 멀었지."

쥐 상호의 대추씨만한 얼굴에 앙상한 노랑수염 백
주사가, 병을 들어 주인의 빈 컵에다 따르면서 그렇게 맞
장구를 쳐 보비위를 한다.

"아, 백상두 좀 드슈."
"난 과해."
"괜히 그리셔. 백상 주량을 다아 아는데. 만난 진 오
랐어두."
"다아 젊었을 적 말이지, 지금은."
"올에 참 몇이시지?"
"갑술생 마흔여덟 아닌가!"
"그럼 나버담 열한 살 위시군. 그래두 백상은 안 늙
으신 심야. 허허허허."
"안 늙는 게 다 무언가. 머리 신 걸 보게!"

"건 조백이시지."

백주사는 흔연히 수작을 하면서 내색은 아니 하나, 어심엔 미스터 방이 괘씸하기 짝이 없었다.

향리의 예법으로, 십 년 장이면 절하고 뵈어야 한다. 무릎 꿇고 앉아야 하고, 말은 깍듯이 공대를 해야 한다. 그 앞에서 주초(酒草)가 당치 않고, 막부득이한 경우면 모로 앉아 잔을 마셔야 한다. 그런 것을, 마치 제 연갑 친구나 타관 나그네게나 하는 것처럼, 백상이니, 술 드슈, 조백이시지 하고 말버릇이 고약해, 발 개키고 앉아서 정면하고 술을 먹어, 담배 뻐끔뻐끔 피워, 이런 괘씸할 도리가 없었다.

또 나이도 나이려니와, 문벌이나 지체를 가지고 논한다면, 이건 도저히 용서할 수 없는 일이었다.

이래보여도 나는 삼대조가 진사를 하였고(그 첩지가 시방도 버젓이 있다) 오대조가 호조판서를 지냈고(족보에 그렇게 분명히 올라 있다) 칠대조가 영의정을 지냈고(역시 족보에 그렇게 분명히 올라 있다) 이런 명문거족의 집안이었다. 또 내 십이촌이 ××군수요, 그 십이촌의 아들이 만주국 ××현 ××촌 촌장이요 하였다. 또 그리고, 시방은 원수의 독립인

106

지 막덕인지 때문에 다 그렇게 되었다지만, 아무튼 두 달 전까지도 어느 놈 그 앞에서 기침 한번 크게 못 하던 백부장.

훈팔(八)등에 ××경찰서 경제계 주임이던 백부장의 어르신네 이 백주사가 아닌가. 두 달 전 그때만 같았어도,

"이놈!"

하고 호통을 하여 당장 물고를 내련만, 그 좋은 세상이 어디로 가고 이 지경이란 말인지 몰랐다.

하여튼 그만치나 혼란스런 백주사에다 대면 미스터 방의 근지야 아주 보잘것이 없었다.

미스터 방의 증조가 타관에서 떠들어온 명색 없는 사람이었다. 그 조부가 고을의 아전을 다녔다.

그 아비가 짚신장수였다. 칠십에, 고로롱고로롱, 아직도 살아 있지만, 시방도 짚신 곱게 삼기로 고을에서 첫째가는 방첨지가 바로 그였다. 그리고 이 방삼복이는.

먹고 자고 꿍꿍 일하고, 자식새끼 만들고 할 줄밖에는 모르는 상일꾼(농부)이었다. 그러나마 삼십을 바라보도록 남의 집 머슴살이로, 이집 저집 살고 다니는 코뻬뚤이 삼

복이었다. 물론 낫 놓고 기역자도 못 그리는 판무식이었다.

상일꾼일 바엔 남의 세토(貰土 : 소작) 마지기라도 얻어 제 농사를 짓는 것이 아니라, 삼십을 바라보도록 남의 집 머슴살이만 하고 다니던 코삐뚤이 삼복이가 하루 아침 무슨 생각이 났던지, 돈벌이를 간답시고, 조석이 간 데없는 부모에게다 처자식 떠맡기고는 훌쩍 일본으로 떠나 버렸다. 그것이 열두 해 전.

떠난 지 칠팔 년을 별반 신통한 벌이도 못 하는지, 돈 한푼 보내는 싹도 없더니, 하루는 느닷없이 중국 상해에 와 있노라 기별이 전해져 왔다. 그리고는 감감 소식이 없다가, 삼 년 만에 푸뜩 고향엘 돌아왔다. 십여 년을, 저의 말따나 동양 삼국 물 골고루 먹고 다녔으면서, 별로이 때가 벗은 것도 없어 보이고, 행색은 해어진 양복 누더기에 볼 꿰어진 구두짝을 꿰고 들어서는 모양이, 군데군데 김질은 하였으나 빨아 다린 무명 고의 적삼을 입고 고향을 떠날 적보다 차라리 초라한 것 같았다.

늙은 어미 아비와, 젊은 가속이 뼈품으로 버는 것을 얻어먹으며 굶으며 하면서 한 일년 빈둥거리고 놀더니, 적이 회심이 들었는지, 이번엔 처자식 데리고 서울로 올라왔다.

서울로 올라와서는 현저동 비탈의 다 찌부러진 행랑방을 얻어 살면서, 처음 일년은 용산 있는 연합군 포로수용소엘 다니며 입에 풀칠을 하였고. 이 동안 그는 상해에서 귀로 익힌 토막영어가 조금 더 진보되었고.

다시 일년이나는, 그것 역시 상해에서 익힌 것을 밑천삼아 구두 직공으로 구둣방엘 다니며 그럭저럭 살았고. 그러다 일본이 싸움에 지느라고, 구두를 너무 해트려 가죽이 동이 나서, 구둣방이 너나없이 문을 닫는 바람에, 할 수 없이 이번엔 궤짝 한 개 짊어지고 신기료장수로 나서고 말았다.

골목골목 돌아다니며, 혹은 종로 복판의 행길에 가앉아 신기료장수를 하자니, 자연 서울 온 고향 사람의 눈에 종종 뜨일밖에. 소식이 고향에 퍼지자, 누구 한 사람 칭찬은 없고 저마다 빈정거리는 소리뿐이었다.

"일본으로, 청국으로, 십여 년 타국 바람 쏘이고 온 놈이 겨우 고거야?"

"부전자전이로구면. 아범은 짚신장수, 자식은 구두 깁는 장수."

"아마 신발 명당에다 무덤을 썼든감"

이렇듯, 근지는 미천하고, 속에 든 것 없고, 가랑이가 찢어지게 가난하고, 생화(生貨)라는 것이 고작 거리에 앉아 오는 사람 가는 사람 해어지고 고린내 나는 구두짝 꿰매어 주고 징 박아 주고 닦아 주고 하는 천업이고 하던, 그 코삐뚤이 삼복이었었다.

"흥, 개구리가 올챙이 적을 못 생각한다더니, 발칙한 놈, 고얀 놈."

백주사는 생각하자니 속으로 이렇게 분개스럽지 않을 수가 없었다.

그러나 일변으로는, 그러던 코삐뚤이 삼복이가 그야말로 선영이 명당엘 들었단 말인지, 무슨 조화를 지녔단 말인지, 불과 몇 달지간에 이렇게 훌륭히 되고, 부자가 되고, 미스터 방인지 구리다방인지가 되고 하여 가지고는, 갖은 호강 다 하며 천하에 무설 것이 없고 기광이 나서 막 이러니, 한편 생각하면 신기하기도 하고 부럽기도 하고 또한 안타깝기도 하였다.

"사람의 운수란 참 모를 일이야."

백주사는 속으로 절절히 이렇게 탄복도 아니치 못하였다.

　　코삐뚤이 삼복의 이 눈부신 발신은, 그러나 백주사가 희한히 여기는 것처럼 무슨 명당 바람이 났다거나 조화를 지녔다거나 그런 신기한 곡절이 있는 바가 아니요, 지극히 간단하고도 수월한 것이었었다. 다못 몸에 지닌 재주 가운데 총기가 좀 좋아서 일찍이 영어 마디나 익힌 것을 잊어버리지 아니하였다는, 일종의 특수조건이 없던 바는 아니지만.

　　1945년 8월 15일, 역사적인 날.

　　이날도 신기료장수 방삼복은 종로의 공원 건너편 응달에 앉아서, 구두 징을 박으면서, 해방의 날을 맞이하였다. 그러나 삼복은 감격한 줄도 기쁜 줄도 모르겠었다. 지나가는 행인이, 서로 모르던 사람끼리면서 덥쑥 서로 껴안고 기뻐하고 눈물을 흘리고 하는 것이, 삼복은 속을 모르겠고 차라리 쑥스러 보일 따름이었다. 몰려 닫는 군중이 오히려 성가시고, 만세 소리가 귀가 아파 이맛살이 지푸려질 지경이었다.

　　몰려다니고 만세를 부르고 하기에 미쳐 날뛰느라고

정신이 없어, 손님이 없어, 손님이 부쩍 줄었다.

"우랄질! 독립이 배부른가?"

이렇게 그는 두런거리면서 반감이 솟았다.

이삼 일 지나면서부터야 삼복에게도 삼복에게다운 해방의 혜택이 나누어졌다.

십 전이나 십오 전에 박아 주던 징을, 오십 전을 받아도 눈을 부라리는 순사를 볼 수가 없었다.

순사가 없어졌다면야, 활개를 쳐가면서 무슨 짓을 하여도 상관이 없고 무서울 것이 없던 것이었었다.

"옳아, 그렇다면 독립도 할 만한 건가 보다."

삼복은 징 열 개를 박아 주고 오 원을 받아 넣으면서 이렇게 속으로 중얼거리기까지 하였다.

그러나 며칠이 못 가서 삼복은 다시금 해방을 저주하여야 하였다. 삼복이 저 혼자만 돈을 더 받으며, 더 받아 상관이 없는 것이 아니라, 첫째 도가(都家)들이 제 맘대로 재료 값을 올리던 것이 었었다. 징, 가죽, 고무, 실

모두가 오곱 십곱 비싸졌다. 그러니 신기료장수는 손님한 테 아무리 비싸게 받는댔자 재료를 비싼 값으로 사야 하 니, 결국 도가만 살찌울 뿐이지 소득은 전과 크게 다를 것이 없었다.

"이런 옘병헐! 그눔에 경제겐 다 어디루 가 뒈졌어. 독립은 우라진다구 독립을 헌담"

석양 때 신기료궤짝 어깨에 멘 채 홧김에 막걸리청으 로 들어가, 서너 사발 들이켜고는 그는 이렇게 게걸거렸다.
그럭저럭 구월도 열흘이 되고, 서울거리에는 미국 병 정이 꼬마차와 함께 그득히 퍼졌다.
그 미국 병정들이, 거리를 구경하면서 혹은 물건을 사려면서, 말이 서로 통하지를 못하여 답답해 하는 양을 보고 삼복은 무릎을 탁 쳤다.
그러나 슬플진저, 땟국과 땀에 찌든 이 누더기를 걸 치고는 가망이 없을 말이었다.

"무슨 도리가 없을까"

반일을 궁리를 하다가 정오 때에야 한 줄기 서광을 얻었다.

총총히 집으로 돌아가, 마누라를 시켜 구두 고치는 연장 일습과 재료 남은 것에다 이불이며 헌옷가지 해서 한 짐을 동네 아는 가게에다 맡기고는 한 달 기한으로 돈 백 원을 서푼 변으로 취해 오게 하였다.

그 돈 백 원을 가지고 삼복은 흔한 넝마전으로 가서 백 원 돈이 꼭 차는 한도까지에 양복이란 명색 한 벌과 모자를 샀다. 신발은 부득이 안방 사람의 병정구두 사 신은 것을 이 다음 창갈이 거저 해주겠다는 조건으로, 닷새만 제 것과 바꾸어 신기로 하였다.

이튿날 아침 느지감치, 새로 장만한 헌 양복 헌 모자에 헌 구두로써 궤짝 멘 신기료장수보다는 제법 말쑥하여진 차림을 차리고 마악 나서려는데, 간밤부터 통통 부어 가지고는 시중도 말대꾸도 잘 아니 하던 애꾸쟁이 마누라가 와락 양복 뒷자락을 움켜쥐고 늘어진다.

"바른 대루 대요."
"이게 별안간 미쳤나?"
"요 망난아, 반해 가지군 이력허구 찾아가는 고년이

어떤 년야? 응?"

"속을 모르거든 밥값을 내지 말랬어, 요 맹추야."

"날 죽이구 가지, 거전 못 가."

"이년아, 너 이랬단, 내 인제 둔 벌문, 증말 첩 얻는다."

"오냐 잘한다. 날 죽여라, 날."

"아, 이 우라 주리땔 앵길 년이."

한주먹 보기 좋게 갈겨 넘어뜨리고는, 찌부러진 오두막집을 나서 종로로 향을 잡았다.

노예도 노예 이전이면 상전을 선택할 자유를 가지는 수도 있다고.

삼복은 종로서 전차를 내려 동쪽으로 천천히 걸으면서 물색을 하였다. 생김새가 맘씨 좋아 보이고, 여느 병정이 아니라 장교쯤 가는 이라야 할 것이었다.

청년회관 앞에서 담뱃대를 사고 있는 하나가, 몸집이 부대하고, 여느 병정은 아닌 듯하고, 얼굴이 사뭇 선량하여 보이는 게 선뜻 마음에 들었다. 구경하는 체하고 넌지시 그 옆으로 가 섰다.

미국 장교는 담뱃대를 집어 들고 기물스러하면서 연방 들여다보다가 값이 얼마냐고,

"하우 머치? 하우 머치?"

하고 묻는다.

담뱃대장수 영감은, 삼십 원이라고 소래기만 지른다.

알아들을 턱이 없어 고개를 깨웃거리면서 다시금 하우 머치만 찾는 것을, 기회 좋을씨고라고, 삼복이가 나직이,

"더티 원."

하여 주었다.

홱 돌려다보더니,

"오, 캔 유 스피크?"

하면서 사뭇 그러안을 듯이 반가워하는 양이라니. 아스러지도록 손을 잡고 흔드는 데는 질색할 뻔하였다.

직업이 있느냐고 물었다. 방금 실직하였노라고 대답하였다.

그럼, 내 통역이 되어 주겠느냐고 물었다. 그러겠노라고 대답하였다.

이 자리에서 신기료장수 코삐뚤이 삼복이 미스터 방으로 승차를 하여, S라는 미국 주둔군 소위의 통역이 되었다. 주급 십오 불(이백사십 원) 가량의.

거진 매일같이 미스터 방은 S소위를, 낮에는 거리의 구경으로, 밤이면 계집 있는 술집으로 인도하였다.

한번은 탑골공원의 사리탑을 구경하면서, 얼마나 오랜 것이냐고 S소위가 물었다. 미스터 방은 언젠가, 수천 년 된 것이란 말을 들었기 때문에, 투사우전드 이얼스라고 대답하였다.

또 한번은, 경회루를 구경하면서 무엇 하던 건물이냐고 물었다. 미스터 방은 서슴지 않고,

"킹 드링크 와인 앤드 댄스 앤드 싱, 위드 댄서."

라고 대답하였다. 임금이 기생 데리고 술 마시고, 춤 추고 노래 부르고 하던 집이란 뜻이었었다.

내가 보기엔, 조선 여자의 옷이 퍽 아름답고 점잖스럽던데, 어째서 양장들을 하는지 모르겠다고 S소위가 물었다. 미스터 방은, 여자들이 서양 사람한테로 시집을 가고파서 그런다고 대답하였다.

서울역을 비롯하여 거리에 분뇨가 범람한 것을 보고, 혹시 조선 가옥에는 변소가 없느냐고 S소위가 물었다. 미스터 방은, 있기야 집집마다 다 있느니라고 대답하였다.

썩 좋은 조선 그림을 한 장 사고 싶다고 하여서, 문지방 위에다 흔히들 붙이는, 사슴이 불로초를 물고 신선이 앉았고 한 것을 오 원에 한 장 사주었다.

제일 재미있고 유명한 소설이 무엇이냐고 물어서, ??추월색이라고 대답하였고, 그럼 그것을 한 권 사고 싶다고 하여서, 여러 날 사러 다니다 못해 동네 노마네 집에 치를 이 원에 사주었다.

이 밖에도 미스터 방은 S소위에게 조선을 소개한 공로가 여러 가지로 많으나, 대강은 그러하였다.

그 공로에 정비례해서, 미스터 방은 나날이 훌륭하여져 갔다. 8·15이전에 어떤 은행의 중역의 사택이라던 지금의 이 집으로, 현저동 그 집에서 옮아오기는 S소위의 통역이 되는 사흘 후였었다. 위아래층을 다, 양식 절반 일본식 절반으로 꾸민 호화스런 저택이었다. 정원엔 때마침 단풍과 가을 화초가 아름다웠고, 연못에선 잉어가 뛰놀고 하였다.

시방 주객이 앉아 술을 마시는 방은, 앞은 노대가

딸리고, 햇볕 잘 들고 밝아서, 여러 방 가운데 제일 좋은 방이었다. 그러나 방 안에는 벽에 그림 한 장 붙어 있는 바 아니요, 방에 알맞은 가구 한 벌 놓여 있는 바 아니요, 단지 방일 따름이어서, 싱겁게 넓기만 하였다. 그렇지만 미스터 방은 실내의 장식 같은 것쯤 그다지 관심할 줄을 아직은 몰랐다.

처음엔 식모를 두었다. 그 다음엔 침모를 두었다. 그 다음엔 손심부름할 계집아이를 두었다.

하루에도 방선생을 찾는 이가 여러 패씩 있었다. 그들의 대개는 자동차를 타고 오고, 인력거짜리도 흔치 않았다. 그렇게 찾아오는 그들은 결단코 빈손으로 오는 법이 드물었다. 좋은 양과자 상자 밑바닥에는 으레 따로이 뿌듯한 봉투가 들었곤 하였다.

미스터 방의, 신기료장수 코삐뚤이 삼복이로부터의 발신 경로란 이렇듯 심히 간단하고 순조로운 것이었었다.

주인 미스터 방이 백주사의 컵에다 술을 따르려고 병을 집어 들다가,

"오이, 기미코."

하고 아래층으로 대고 부른다.

"심부럼 갔어요."

애꾸쟁이 마누라의 꼬챙이 같은 대답.

"안주 어떻게 됐어"
"글쎄, 안주 시키러 갔어요."
"증종 있지?"
"… …"

층계 밟는 소리가 나더니, 퍼머넌트한 머리가 나오고, 좁디좁은 이마에 이어서 애꾸눈이 나오고, 분 바른 얼굴이 나오고, 원피스 입은 커다란 젖통의 가슴이 나오고, 마지막 비단 양말 신은 두리기둥 같은 두 다리가 나오고 한다.

"서주사가 이거 두구 갑디다."

들고 올라온 각봉투 한 장을 남편에게 건네어 준다.

"어디?"

그러면서 받아 봉을 뜯는다. 소절수 한 장이 나온다.
액면 만 원 짜리다.

미스터 방은 성을 벌컥 내면서,

"겨우 둔 만 원야?"

하고 소절수를 다다미 바닥에다 홱 내던진다.

"내가 알우?"

"우랄질 자식, 어디 보자. 그래 전, 걸 십만 원에 불하
맡다 백만 원 하난 냉겨 먹을 테문서, 그래 겨우 둔 만
원야? 엠병헐 자식, 내가 엠피(MP)헌테 말 한마디문, 전
어느 지경 갈지 모를 줄 모르구서."

"정종으루 가져와요?"

"내 말 한마디에 죽을 눔이 살아나구, 살 눔이 죽구
허는 줄을 모르구서. 흥, 이 자식 경 좀 쳐봐라. 증종 따
근허게 데와. 날두 산산허구 허니."

새로이 안주가 오고, 따끈한 정종으로 술이 몇 잔 더 오락가락하고 나서였다.

백주사는 마침내, 진작부터 벼르던 이야기를 꺼내었다.

백주사의 아들 백선봉은, 순사 임명장을 받아 쥐면서부터 시작하여 8·15 그 전날까지 칠 년 동안, 세 곳 주재소와 두 곳 경찰서를 전근하여 다니면서, 이백 석 추수의 토지와, 만 원짜리 저금통장과, 만 원어치가 넘는 옷이며 비단과, 역시 만 원 어치가 넘는 여편네의 패물과를 장만하였다.

남들은 주린 창자를 졸라맬 때 그의 광에는 옥 같은 정백미가 몇 가마니씩 쌓였고, 반년 일년을 남들은 구경도 못 하는 고기와 생선이 끼니마다 상에 오르지 않는 날이 없었다.

××경찰서의 경제계 주임으로 있던 마지막 이 년 동안은 더욱더 호화판이었었다. 8·15 그날 밤, 군중이 그의 집을 습격하였을 때에 쏟아져 나온 물건이 쌀말고도,

광목 여섯 통
고무신 스물세 켤레
지카다비 여덟 켤레

빨랫비누 세 궤짝

양말 오십 타

정종 열세 병

설탕 한 부대

이렇게 있었더란다. 만 원 어치 여편네의 패물과, 만 원 어치의 옷감이며 비단과 만 원짜리 저금 통장은 그만 두고 말이었다.

물건 하나 없이 죄다 빼앗기고, 집과 세간은 조각도 못 쓰게 산산 다 부시고, 백선봉은 팔이 부러지고, 첩은 머리가 절반이나 뽑히고, 겨우겨우 목숨만 살아 본집으로 도망해 왔다.

일변 고을에서는 백주사가 자식이 그런 짓을 해서 산 토지를 가지고 동네 사람한테 거만히 굴고, 작인들한테 팔 할 가까운 도지를 받고, 고리대금을 하고 하였대서, 백선봉이 도망해 와 눕는 그날 밤, 그의 본집인 백주사의 집을 습격하였다.

집과 세간 죄다 부수고, 백선봉이 보낸 통제배급물자 숱한 것 죄다 빼앗기고, 가족들은 죽을 매를 맞고, 백선봉은 처가로, 백주사는 서울로 각기 피신하여 목숨만 우선 보전하였다.

　백주사는 비싼 여관밥을 사먹으면서, 울적히 거리를 오락가락, 어떻게 하면 이 분풀이를 할까, 어떻게 하면 빼앗긴 돈과 물건을 도로 다 찾을까 하고 궁리를 하던 것이나, 아무런 묘책도 없었다.

　그러자 오늘은 우연히 이 미스터 방을 만났다. 종로를 지향없이 거니는데, 지나가던 자동차가 스르르 멈추면서, 서양 사람과 같이 탔던 신사양반 하나가 내려서더니, 어쩌다 눈이 마주치자,

　"아, 백주사 아니신가요"

　하고 반기는 것이었었다.

　자세히 보니, 무어 길바닥에서 신기료장수를 한다던 코삐뚤이 삼복이가 분명하였다.

　"자네가, 저, 저, 방, 방."
　"네, 삼복입니다."
　"아, 건데, 자네가."
　"허, 살 때가 됐답니다."

그리고는 내 집으루 갑시다, 하고 잡아 끄는 대로 끌리어 온 것이었었다.

의표하며, 집하며, 식모에 침모에 계집하인까지 부리면서 사는 것하며, 신수가 훤히 트여 가지고 말도 제법 의젓하여진 것 같은 것이며, 진소위 개천에서 용이 났다고 할 것인지.

옛날의 영화가 꿈이 되고, 일보에 몰락하여 가뜩이나 초상집 개처럼 초라한 자기가 또 한번 어깨가 옴츠러듦을 느끼지 아니치 못하였다. 그런데다 이 녀석이, 언제 적 저라고 무엄스럽게 굴어 심히 불쾌하였고, 그래서 엔간히 자리를 털고 일어설 생각이 몇 번이나 나지 아니한 것도 아니었었다. 그러나 참았다.

보아하니 큰 세도를 부리는 것이 분명하였다. 잘만 하면 그 힘을 빌려, 분풀이와 빼앗긴 재물을 도로 찾을 여망이 있을 듯싶었다. 분풀이를 하고, 더구나 재물을 도로 찾고 하는 것이라면야 코 삐뚤이 삼복이는 말고, 그보다 더한 놈한테라도 머리 숙이는 것쯤 상관할 바 아니었다.

"그러니, 여보게 미씨다 방."

있는 말 없는 말 보태 가며 일장 경과 설명을 한 후에, 백주사는 끝을 맺기를,

"어쨌든지 그놈들을 말이네, 그놈들을 한 놈 냉기지 말구섬 죄다 붙잡아다가 말이네, 괴수놈들일랑 목을 썰어 죽이구, 다른 놈들일랑 뼉다구가 부러지두룩 두들겨 주구. 꿇어앉히구 항복 받구. 그리구 빼앗긴 것 일일이 도루 다 찾구. 집허구 세간 쳐부신 것 말끔 다 물리구. 그렇게만 해준다면, 내, 내, 재산 절반 노나 주문세, 절반. 응, 여보게 미씨다 방."

"염려 마슈."

미스터 방은 선뜻 쾌한 대답이었다.

"진정인가?"

"머, 지끔 당장이래두, 내 입 한 번만 떨어진다 치면, 기관총 들멘 엠피가 백 명이구 천 명이구 들끓어 내려가서, 들이 쑥밭을 만들어 놉니다, 쑥밭을."

"고마우이!"

백주사는 복수하여지는 광경을 서언히 연상하면서,

126

미스터 방의 손목을 덥쑥 잡는다.

　"백골난망이겠네."

　"놈들을 깡그리 죽여 놀 테니, 보슈."

　"자네라면야 어렵겠나."

　"흰말이 아니라 참 이승만 박사두 내 말 한마디면 고만 다 제바리유."

　미스터 방은 그리고는 냉수 그릇을 집어 한 모금 물고 꿀쩍꿀쩍 양치를 한다. 웬 버릇인지, 하여간 그는 미스터 방이 된 뒤로, 술을 먹으면서 양치하는 버릇이 생겼었다.

　양치한 물을 처치하려고 휘휘 둘러보다, 일어서서 노대로 성큼성큼 나간다. 노대는 현관 정통 위였었다.

　미스터 방이 그 걸쭉한 양칫물을 노대 아래로 아낌없이 좍 배앝는 바로 그 순간이었다. 그 순간이 공교롭게도, 마침 그를 찾으러 온 S소위가 현관으로 일단 들어서려다 말고(미스터 방이 노대로 나오는 기척이 들렸기 때문에) 뒤로 서너 걸음 도로 물러나,

　"헬로."

부르면서 웃는 얼굴을 쳐드는 순간과 그만 일치가
되었었다.

"에구머니!"

놀라 질겁을 하였으나 이미 배앝아진 양칫물은 퀴퀴
한 냄새와 더불어 백절폭포로 내려 쏟혀, 웃으면서 쳐드
는 S소위의 얼굴 정통에 가 좌르르.

"유 데블!"

이 기급할 자식이라고, S소위는 주먹질을 하면서 고
함을 질렀고. 그 주먹이 쳐든 채 그대로 있다가, 일변 허
둥지둥 버선발로 뛰쳐나와 손바닥을 싹싹 비비는 미스터
방의 턱을,

"상놈의 자식!"

하면서 철컥, 어퍼컷으로 한 대 갈겼더라고.

4장

강선달
··········

1

아들 삼준(三俊)은 여느 날과 마찬가지로, 조반 수저를 놓으면서 이내 일어서, 기름 묻은 작업복 저고리를 떼어 입고, 아낙은 벤또 싼 보자기를 마침 들려주고 한다.

아랫목에서, 세 살박이 손자놈을 안고 앉아 밥을 떠넣어 주고 있던 강선달이, 아들의 낮꽃을 보고 보고 하다, 짐짓 지날 말처럼 묻는다.

"오널두 늦게 나오냐?"

악센트 하며 김만경(金萬頃) 그 등지 농민의, 알짜 전라도(全羅道) 사투리다.

"네에."

삼준은 얼굴과 대답 소리가 모호하면서, 무얼 딴 생각을 하느라고 우두커니 한눈을 팔고 섰다. 그러고는, 무슨 말을 하기는 하려면서도 옆에서 보기에도 민망하도록 덤덤히 섰기만 한다.

"오늘일랑 이노고리가 있드래두, 직공들끼리 하게 하구서, 일찍 나오시우?"

보다못해, 아낙이 거들음을 하던 것이다.
해도, 삼준은 입이 떨어지지 않는다. 기색이 시무룩하고 좋지가 못하다.
아낙은 더욱 마음에 불안스러

"짐도 있구 하니깐, 뫼시구 나가서 차표두 끊어드리구, 재리두 잡아드리구 하자믄."

하는 것을, 강선달이 질색하여 며느리의 말을 막는다.

"야 야, 정거장으넌 나와서 무얼 허냐? 아, 나 저녁 일찌감치 먹구서, 츠은츤이 나가서, 지대리다가, 차표 사 각구, 차 타먼 구만이지, 아 무엇허러 외왼종일 고된 일헌 사람이 날 바래다준다고 또 정거장까장 나온담 말이야? 아예 그럴라 마라!"

"아이, 그래두 모서다 드려예지, 아버님 혼잔 못 가세요!"

"글씨, 걱정 말래두 그러냐? 그러구, 정거장으 오구가구 허넌 즌차삯 허구, 입장표값허구, 것만 히여두 돈이 이십 전인디, 야덜아 글씨, 돈 이십 전이 뉘 애기 이름이냐? 돈얼 그렇게 함부루 쓰먼 못쓴다!"

"요샌 젊은 사람두 찰 타기가 고생스런데 어떻게 혼자 나가시서 타신다구. 접때 올라오시믄서두 밤새두룩 서서 오시느라구 욕을 보셨드라믄서."

"걸어서두 댕길라더냐, 고까짓 것 하룻저녁 좀 서서 가먼 어쩔라데야? 갱기찮다, 갱기찮이여."

그러다가 강선달은, 빠진 아랫니 새로 말과 침이 한꺼번에 새어 흘러서, 싯하고 들여마신다.

삼준이 천천히 고개를 돌리면서

133

"저엉 내려가시겠어요?"

하고 새삼스런 말을 또 묻는다. 찡그린 듯한 이맛살
이며, 말운이, 약간 성화스런 무엇조차 없지 않다. 강선달
은 그러나 심상하고서, 별로 대답도 하려고 않는다.
　볼때기에다 밥알을 다래다래 쥐어바른 어린 놈이 저
의 할아버지의 무릎에서 발딱 일어나더니 비척거리고
제 아범한테로 쫓아가

"아빠!"

하면서 아랫도리를 걸싸 안는다.

"저 콧물!"

아범이 나무라던 것이나 어린 놈은 도리어 눈웃음
을 치면서, 도로 비척거리고 달려와 할아버지의 무릎에
가 털썩 안긴다.
　강선달은 하도 귀여 못하겠다는 듯이, 어린 놈을 들
여다보고 같이 웃으면서, 수탉 발목 같은 손가락으로 콧

물 흐른 것을 훑으려 자기 버선바닥에다 쓱 씻는다. 그러고는 연신 어린 놈을 어르면서

"아 내가, 우리 강아지새끼 보고 자퍼서 어쩌까? 오늘 저녁으 네리가먼 우리 강아지새끼 보고 자퍼서 어쩐담 말이여? 으응? 눈으가 사암삼 밟힐 틴디 보고 자퍼서 어찌여?"

그 말에 며느리가 왜 아니냐는 듯이

"어린 놈이나 데리구 노시믄서 오래애오래 좀 기시들랑 않으시구서. 아버님은 화로가에다 엿 붙여놓구 오셨나 봐? 호호호!"
"아, 야들아!"

강선달이 아들과 며느리를 번갈아 보면서, 계제삼아 또 발명을 내놓는다.

"내가 젤 갑갑히서 그런다, 갑갑히서 그리여! 아, 눈만 뜨면 외왼종일 들루 나가서 살구 허던 사램이, 아 이

135

좁운 집안으서 밤이나 낮이나 우두커니 들앉어 있을랑
개, 속으서 갑갑징이 나서 살 수가 없구나!"

"글쎄 갑갑하시기두 하실 테지만."

"갑갑하셔서 그러시나?"

삼준이 버럭 아낙을 것지르면서, 눈까지 흘긴다. 이
를테면 부친한테 못하는 화풀이를 아낙에게 미어다 부
딪는 셈이었다.

아낙은, 그래서 같이 성구지 않고 비깃이 웃으면서

"나두 모르잖아 알아요! 어서 내려가셔서 일하시구
싶어서 그러시는 줄 다아 알아요!"

"아버진 인전."

삼준이 음성을 도로 부드럽게 하여, 부친더러 원
정하듯

"제발 인전, 그 일 좀 그만 하시구, 편안한 영감님 노
릇 좀 하세요?"

"야야, 너두 딱헌 소리두 다 헌다!"

"낼 모레가 칠십인신데 그 흉악한 촌구석에서, 잘 잡숫지두 못하지수, 잘입지도 못하시구, 육장 그 고된 농사일만 하시구 기시니, 그럼 자식된 맘에 좋아요?"

"것두 내가 기운이 아주 빠져서 일 감당을 못허게 생겼으먼사 쯧, 네말두 괴이찮얼 티지야만, 아직 이렇게 저엉정헌디, 아 그, 심심삼어서 일 좀 허기루 어쩌칸디 그러냐? 그러나마 칠십평생을 일루 살아온 이 애비 아니냐? 어띠서 그리여?"

"혹시 집안에 아무두 일 감당을 해나갈 사람이 없다면 또 모르죠! 아, 형수가 있구 영호(永浩)놈이 올에 스무 살이니 장정 아녜요?"

영호란, 삼준의 죽은 맏형의 맏아들이다. 그애는 시골서 상일을 하고, 다리 병신 둘째아이 병호(丙浩)는 삼준이 데려다 가게지기를 시키고 있는 참이다.

"논 겨우 일곱 말지기에 밭이나 한 삼천 평 된다믄서, 그만 농살, 형수가 영호놈 데리구 휘여잡아 나가지 못해요? 또오, 둘째형이 있으니 오면 가면 보살펴 줄터!"

"느넌 속내평얼 모르닝개 그런 소리럴 허닝가 부다

137

만, 그 느 형수라넌 아씨 때미 내가 속이 지러 썩넌다! 과
부 된 핑계허구서, 농사야 집안 살림살 이야 모다 모른
체허구넌 절루 불공허러 댕기기가 일이구! 그놈 영호넌
자식이 쓰기넌 쓰겄어! 몸두 실직허구, 부지런허구, 속두
가죽커리구. 그리두넌, 아직 나이가 어려놔서, 무얼 알어
야지? 농사짓넌 것두 물리가 나야 허넌 벱인디, 아직 그
럴 낫세가 되였어야지?"

"그렇드래두 어디 가서 태산을 떠오는 일 아니구, 거
저 모른 체하시구 내버려 두시면, 다아 해요!"

"내가 모른 체허구 내빼리 두어 부아라! 농사허며 집
안 살림이며 쥑이 되넌지 뱁이 되넌지 몰른당개!"

2

강선달이, 아들 내외가 그대도록 만류하는 것을 듣
지 않고, 분에 넘치는 호강도 다 마다하고 부득부득 고
향으로 내려가기로만 고집을 세우는 것은, 이유가 그리
단순한 것이 아니었다.

강선달은 미상불 자기 말따나, 농사라든지 집안 살
림이라든지가, 두루 마음이 뇌지 않았다. 그러나 단지 그

138

것만은 아니었다. 그것만이라면야, 가령 농사만 하더라도, 인제는 가을걷이밖에 남지 않았으니, 웬만큼 자기가 아니더라도 큰 손자가 영호가 저 혼자서 넉넉 해치울 수가 있었다.

또, 방금 며느리가 하던 말대로 어서 내려가서 일이 하고 싶어서. 물론 그렇기도 했다. 그러나 역시, 단순히 일이 하고 싶어서만 어서 바삐 내려가지를 못해 앨 쓰는 것도 또한 아니었다. 아무리 일이 하고 싶어도 손발이 저리기로서니 한가을쯤 그걸 못 참을 바 없지는 않았다.

갑갑하다는 거도 일반이었다.

일 년 삼백육십오일을 거의 하루같이, 아침 어둘녁부터 온종일 날이 저물도록 들에서 살던 영감이다. 넓은 들에서 넓은 하늘 아래서, 활개를 펴고 맘대로 호흡하며 맘대로 일하고 살던 영감이다. 그리던 영감이 하루 아침, 이 옹색스런 속에 와서 들박혀 있으려니 응당 갑갑증이 날 노릇이었다. 뜰이라야 두 걸음만 걸으면 세 걸음째는 앞 판장이 이마에 가부딪친다. 좌우는 이웃집 뒷벽이 답답히 가슴을 누른다. 하늘은 처마와 처마 사이로 손바닥만큼 올려다보인다. 하루의 태반을 좁고 더운 방구석에서 누웠다 앉았다, 서성거렸다 해야 한다.

강선달은 그래서, 이건 바로 전중이 살기보다 더하다고 생각을 한다.

그렇지만 암만 그렇더라도, 꾸욱 참고 견디자고 들면야 결단코 못할 것은 아니었다. 이 밖에도, 구실은 얼마든지 많이 있었다. 시골로 내려가겠단 말이 날 적마다 번번이 이유가 달랐다.

물 한 지게에 5전씩 내고 사먹는단 말에 강선달은

"야야, 원, 오 전이먼 엽전(葉錢) 두 돈 오 푼 아니냐?"

하고 놀랐다.

"이 동넨 언덕 꼭대기가 돼서 그게 정한 시셀걸요!"

이렇게 심상히 며느리는 대답했다.

"허! 서울언 물까장 다 사먹넌다구 소문이사 들었더니라만 원, 물 한지게여 돈이 두 돈 오푼이라니? 응?"
"그래두 이 꼭대기꺼정 져다 주느라구 힘드는 일 생각허믄"

"느가 저렇게 돈 아깐 중얼 몰라서 어찌끄냐! 돈이 두 돈 오 푼이면 야야, 십 년 저짝만 히여두 논이 상답 (上畓)으루 한 평이다, 한 평이여!"

"그 대신 시방은 돈이 옛날보담 흔해지지 않았어요, 아버님?"

"암만 돈이 흔허기넌 말구 새금파리 쪼각으루 맹글어 쓴들, 물 고까짓것 한 지게여다 두 돈 오 푼얼 주구 사먹다니, 손복(損福)허겄다, 손복허겄어!"

"아이, 아버님두 참!"

"나넌 그런 물 먹구 못 살겄다. 어서 도로 네리가야겄다! 에이, 무선 세생이다! 그럴래서넌 큰 방죽 하나만 각구 있으면 당장 만석꾼이 부자가 되거꾸나?"

"그게 어디, 물값인가요? 져다 주는 값이죠!"

"둘러 치나 미여 치나 일반이지야! 참 사람 못살 고장이다! 나넌 죄(罪)로 가까 무서서 그런 물 못 먹겄다! 어서 도로 네리가야겄다!"

바로 그날 저녁이었다.

삼준도 공장에서 돌아오고 하여 부자 나란히 앉아 저녁을 먹는데

"너, 내일언 양철동우럴 두 개만 사각구 오니라!"

하고, 강선달이 아들더러 일렀다.

"생철동이요? 무엇에 쓰시게요?"

"물 한지게여다 두 돈 오 푼씩 주구 사먹넌담서?"

"물 길으실려구 그러세요?"

"그런다!"

"고만두세요!"

"왜?"

"못 길으세요!"

"왜 못 질어? 야야, 내가 시방두 이백스무 근(斤)짜리 나락 한 섬얼 지구, 십리씩얼 댕긴다!"

"근력이야 있으시나마나."

며느리가 옆에서 거드는 말이

"늙으신 아버님을 물 길으시게 하자구 모셔왔나요?"

"편안히 가셔야, 자식 된 즈이가 다아 맘에 질겁구, 민망한 생각이 들지 않지요!"

"글씨, 느가 날 그렇게 위히여 주넌 정성언 반갑다만 서두, 아니, 눈 멀뚱 멀뚱 뜨구 앉어서 물 한 지개여다 두 돈 오 푼씩 주구 사먹넌 걸 그냥 보구 있으람 말이냐?"

"그러나마 즈이가 한 달 물값이나 한 삼 원 내게두 군색한 살림살이라믄 몰라두, 그렇잖은 댐에야."

"나넌 손복허까 무서서 그런 물 먹구 못살겄다! 어서어서 도로 네리가야 겄다!"

고옴곰 무슨 생각을 하면서 밥만 뜨고 있던 삼준이 문득 조용한 음성을 하여

"아버지?"

하고 부른다.

"왜야?"

"제가 어머니 일을 생각하면 철천의 한(限)이 되어요!"

그러고는 삼준은 잠깐 말을 끊었다 이윽고 다시

143

"어려서 일찍 부모 슬하를 뛰쳐나와서 종적두 소식 두 없이 객지루 떠돌아 다니느라구, 지질히 애가 밭게 해 드리잖었어요? 그러다 필경은 임종두 못 해드리구."

삼준이 목이 메어 또 말을 끊는다. 눈에는 눈물도 어리었다.

"다만 한때라두 편안히 모셔 드리지를 못하구서, 끝 끝내 그 모진 고생을 하시다가 돌아가시게 한 일을 생각 하면."
"아따 야야!"

강선달도 창 연한 기색으로, 그러나 쓸어 덮듯 아들 의 말을 막는다.

"시방 와서 그런 말 일르니, 상심만 되지 소용 있냐? 고생허다가 후분(後分) 못 보고 그냥 죽은 것두, 다아 자 기 팔자지! 내남 읎이, 세상 일이 다아 운수 소간이요, 타 구 난 팔자거니 허먼 구만이니라!"
"어머니한테 못 해드린 대신, 아버지 한 분만이라두

제가 뫼시구, 제 정성, 제 힘 밎는껏 편안히 기시게 하자는 노릇인데, 벌써버틈 물을 길으시네 무얼 하시네 하시니, 어디 뫼셔 온 보람이 있어요?"

"느덜 그 맘 하나먼 구만이여야! 맘 하나먼 구만이여야! 나넌 아무것두 더 안 바랜다! 느가 시운(時運)얼 타서, 먹구 살기나 쪼들리잖구, 그러먼서 단돈냥이라두 밀려가먼서 살구, 그러먼 나넌 구만이여야! 존 음식, 비단옷, 그런 건 내게 당치두 안히여야! 내가 아홉 살버텀 쪽지게럴 지구 나무럴 히여다 때구, 열두 살버텀 장정덜 틈으가 찡겨서 지심얼맸다! 그렇게 살아온 칠십평생이여! 그렇게 칠십평생얼 살어온 내가 느닷읇이 비단옷이 어디 당헌 것이며 끄니마닥 괴기반찬으다가 반주(飯酒)가 어디 당헌 것이냐? 물 한 지게여 두 돈 오 푼씩 주구 사먹넌, 이 대처(大處)서 오래 산다께 어디 당헌 소리냐?"

"온, 아버님두! 오래두룩 그렇게 일만 하시구 고생으루 지나셨으니깐, 더구나 인전 편안히 좀 호강을 하서야죠!"

며느리의 말이다. 강선달은 커다랗게 고개를 젓는다.

145

"모르넌 소리다! 옛말으두, 송충이는 솔잎얼 먹어야지, 갈잎을 먹으면 못 산다넌 벱이니라! 그러구, 그러구 내가, 느가 날 위하여 주니라구 돈 함부로 쓰넌디 구만 아주 질색얼 허겠다! 가만히 보면, 나때미네 궈넌시리 안 쓸 돈얼 디리없이 써!"

이렇게 강선달은, 아들네가 돈을 함부로 쓰는 것, 분에 맞지 않는 호강을 시키려 드는 것, 이런 것도 제각기 내려가고 싶게 하는 이유의 한가지씩이었다.

그야 물론, 한편으로는 두루 다 좋지 않은 것은 아니었다.

아들 삼준이, 시골 농토(農土)에 파묻혀 농사꾼으로 평생을 마치기를 원하지 않고, 부모 몰래 집을 나간 것이, 보통학교를 마치던 봄이요 지금으로부터 십팔 년 전이었다.

그 뒤로 십삼사 년을 묘연히 종적이 없었다. 집안에서는, 분명 어디 가서 죽었거니 했었다.

그러던 삼준이, 오 년 전, 그의 모친의 초상마당으로 푸뜩 나타났었다. 집을 나가면서 무얼로든 한 가지 성공을 해야만 두번 다시 고향을 찾으리라고, 이를 갈아 맹세

146

했던 그는, 과연 그 맹세를 헛되이하지 않았었다. 경성에서도 유수하다는 어떤 인쇄소의 기계과장(機械課長)이라는 지위에까지 올랐던 것이다.

　아낙도 잘 얻었었다. 같은 그 인쇄소의 제본공(製本工)으로 다니던 여잔데, 저희끼리 마음이 맞아서 결혼을 했었다. 인물은 그리 보잘것이 없어도 첫째 왈 사람이 퍽 사근사근하고 붙일성이 있으며, 겸하여 살림규모가 대단했다. 그래서, 이건 작년 봄 일이지만, 친정집이 몹시 가난하던 끝에 뒤받쳐 주는 사람을 잘 만나 함경도(咸鏡道)로 가서 정어리를 한 것이 수를 잡아 일조에 힘을 펴게 되자, 돈을 삼천 원인가 타다가 지금 살고 있는 집을 사고, 몇백 원 남은 걸 가지고는, 장소가 마침 적당하여 구멍가게를 내고 했었다. 되라는 사람은 되기로만 마련이더라고, 시험삼아서 낸 구멍가게가 순식간에 번창을 하여, 불과 일 년 반인데, 지금은 가게 수입이 삼준의 월급 갑절도 넘을 만큼 버젓한 것이 되었다.

　삼준 내외는 그동안 누누이 부친 강선달을 제네가 모시겠노라고 직접 혹은 중형 재준을 통하여 졸랐으나 강선달은 좀처럼 응하려 하지 않았다. 그러다가, 지나간 칠월 백중(白仲)에야, 농사일이 너끔함 계제에, 잠깐 다녀

가려니 하고 올라온 것이, 여지껏 그만 붙잡힌 모양이 되었다.

강선달은 올라와서 눈으로 보자니, 생각터니보다도 훨씬 더 흡족하고, 따라서 마음에 기쁘고 했다.

나가서 죽은 줄 알았던 막동자식이 이렇게 잘하고 살아, 저희끼리 오다가다 만났을망정 그 가속이 대단히 현숙해. 소 같은 큰며느리나 촉새 같은 둘째며느리에다 대면, 이건 바로 어른 하고도 어른이었다.

가볍고 시원한 비단옷을 입혀 주어, 칠월 복중(伏中)인데 솜버선까지 신겨 주지를 않는가. 촌 농군이야 입동(立冬)이 지난 뒤에도 얼마를 있다 겨우 버선 한 켤레를 신으면, 설이나 혹시 새걸 갈아 신을까, 그러고는 이른봄 못자리를 하는 날 버선을 벗으면 다시 입동 후에야 비로소 신는, 그 버선이 아닌가.

끼니마다 새로 지은 밥에, 고기나, 하다못해 생선 꽁댕이라도 솜씨 내서 장만하여 밥상이 어설프지 않고, 반주를 떨어뜨리지 않고, 가끔가다 냉면이니 우동이니 하여 별식(別食)을 시켜오고.

갑갑하고 심심해 할까 봐서, 며칠 걸러큼씩 며느리가 모시고 나가, 서울 장안을 고비샅샅이 구경을 시켜주고.

이런 팔자 편한 영감님일 데라곤 없었다.

강선달의 마음에도 다 좋고 즐거웠다. 노상이 싫거나 괴로운 것이 아니었다.

그러나 칠십평생을 흙에 묻혀서 더불어 살아온 강선달에게는 그 모든 호강이 아무리 해도 몸에 가 차악 안기는 줄을 모르겠었다. 마치, 남의 옷을 빌려 입은 느낌이었다.

옷감도 흰치르르하고, 또한 뜨듯해서 좋기는 좋으나, 어쩐지 옷이 살에 가붙지를 않고 엉성한 것 같은, 마음 어색스럼이었다. 그리고 무엇인지 불안스러웠다. 그러면서 한편으로는 간절히 고향집으로만 내려가고 싶었다.

3

"어서 가 부아라! 시간으 만도(晚到)되겠다!"

아직도 웃목에 가 충그리고 서 있는 아들더러 강선달이 재촉을 한다.

"네에!"

149

삼준은 건성으로 대답이다.

며느리가, 남편과 시아버지의 얼굴을 번갈아 보면서 깜작깜작 무얼 생각하더니

"아버니임?"

하고 긴하게 부른다.

"왜야?"

"즈이한테 지시는 심 치시구, 인제 며칠 남지두 않었구 하니깐 말씀예요, 추석(秋夕)이나 쇠시구서 내려가세요!"

"에이 못써 못써!"

강선달은 엄살스럽게 손과 얼굴을 서얼설 내젓는다.

"모초롬 올라오신 길에, 추석이나 즈이허구 겥이 쇠시구서 내려가시믄, 즈이두 객지서 외롭잖구 헐걸."

"갔다가 쉬 또 오마! 아암, 자주 오명가명 허구말구!"

"그럼, 내려가시서 추석 쇠시군, 곧 또 올라오시죠?"

"오냐 오냐!"

"곧 아니 오시믄, 뫼시러 내려가요?"

"오냐, 곧 올라오마! 그렇게 오느라 가느라 허자니 노수가 자꾸 들어 서 걱정이다만."

강선달은 문득 한 말이 있었으나, 아주 와서 있는 게 아니고 가끔가끔 며칠씩 다녀 내려가고 하는 것은 차라리 해롭잖은 노릇이라고 생각했다.

이튿날 아침 일곱시, 강선달은 호남선(湖南線) ××역(驛)에서 무사히 차를 내렸다.

고향의 정거장이 우선 반가웠다. 모두가 눈에 익고 친숙했다. 서로 누가 누군지 모르는 사이건만, 역엣 사람들이 다 임의로운 것 같고, 혹 무슨 잘못한 것이 있더라도 별로이 허물치 않을 것 같았다. 역 앞에 이루어진 조그마한 저자의 가게하며, 사람들도 역시 그런 것 같았다. 내려오기를 잘했다고 생각했다.

강선달은 무한 마음이 즐거우면서, 삼준이 내외가 이것저것 많이 사서 짐 매어 준 짐을 멜빵 걸어 묵직하니 짊어지고 집 동네를 향하여 걸었다. 소로(小路)로 가면 시오리요 신작로로 가면 이십리다. 강선달은 가까운 소로를 버리고, 도는 신작로로 갔다. 선산(先山)과 논이 있는 곳을 지나가고자 함이다.

동네까지 거진 오느라면 신작로 옆으로 조그만한 야산(野山)이 있다. 이 야산 아랫자락으로, 따로 떨어진 삼천평 가량 되는 산판(山坂)이 강선달네 선산(先山)멧갓이다. 그리고 그 선산과 연달아서 일곱 마지기 논이 있다.

이 논은 대대로 물려내려오던 산하답(山下畓)이다. 한때 궁하다 못해 팔아 버렸던 것을 그 뒤에 자작농 창정(自作農創定)으로 도로 내 차지를 만들었었다. 그런 만큼 강선달에게는 더욱 소중하고 재미가 곡진한 전장이었다.

강선달은 논두덕에 가 멈춰 서서 논을 내려다본다. 한 달 남짓했건만 잃어 버렸던 것을 다시 찾은 것같이 반갑고 마음이 놓였다.

토박한 봉답(奉畓)이 되어서 웬만큼 거름을 하지 않고는 양석소출(兩石所出)이 어려운 논이지만, 금년은 간곳마다 풍년이라, 역시 탐스런 볏목이 처억척 숙었다.

어떻게도 흐뭇한지 몰라, 강선달은 혼자서 싱그레 웃는다. 인제 며칠 더 있다가, 저걸 죄다 베어서 등짐을 해서 집 마당에다 그득히 가려놀 생각을 하니, 자꾸만 입이 흐물흐물하여 견딜 수가 없다. 역시 이렇게 일찌감치 내려오기를 잘했다 싶었다. 서울 아들네의 살뜰한 봉양과 그 호강도 좋지만, 암만해도 이 재미만은 못한 것 같았다.

"하나, 둘, 셋"

강선달은 무심코 이렇게 논이랑을 세어본다.

"다섯, 여섯, 일곱, 여덟, 아홉."

아홉 이랑 다 그대로 있다. 한 이랑도 없어지지 않았다고, 고개를 끄덕끄덕하다가 비로소 자기의 실없음을 깨닫고는, 벌쭉 웃는다.

싫도록 논을 보고 나서는, 그 다음 멧갓으로 천천히 발길을 옮긴다.

맨 입시로, 마누라의 무덤이 있다. 영호가 그새 벌써 말끔히 벌초(伐草)를 해놓았다.

강선달은 무덤 앞으로 가까이 가서

"나 삼준이안티 갔다 왔네!"

한다. 산 사람과 안사하듯 한다.

"잘덜 허구 살데!"

그러고는 조금 있다가 또

"할멈두 한 십년만 더 살지 그렸넝가? 십 년만 더 살었으면 삼준이 덕두 보고, 실컷 호강을 히였지! 가아두 애여 맘으 걸리넝가 부데!"

또 조금 있다가

"날더러, 거그서 즈허구 함께 살자구 만류허데만, 쯧 네리왔네! 다아 편허구 좋데만 암만히여두 여그만 못헝 것 같덩만! 그래서 또 가마구 허구, 네리오넌 길이네, 시 방. 무얼 담뿍 사주어서, 이렇게 한 짐 히여 지구 정거장으 네리서 시방 집으루 가넌 질이네. 그런 중이나 알라구, 할 멈 무덤으 댕겨가니라구, 이 질루 왔네!"

무슨 처량하다거나 간절한 음성도 아니요, 예사 그

154

저, 영감이 마누라더러 이야기하듯이, 오히려 구수하다.

"참, 그리구."

강선달은 발길을 돌이키려다가 뒤미처 생각이 나서

"삼준이가 내년쯤, 할멈 비석(碑石) 히여 신다구 그러데! 그리서, 그리라구 그랬네!"

5장
암소를 팔아서

그날 아침.

해가 뜨느라고 갈모봉 마루턱이 불그레니 붉어오른
다. 하늘은 구름 한점없고 차갑게 푸르렀다.

지붕이랑 마당에는 된서리가 뽀얗게 내렸다. 마당 한
가운데로 멍석과 가마니 폭을 여러 닢 이물려 펴고 볏단
을 수북이 져다 부렸다.

외양간에서 중소는 되는 암소가 김이 무럭무럭 나
는 쇠물통에다 주둥이를 처박고 식식거리면서 맛있게 먹
는다. 닭이 덤벼들어서 쇠물에 섞인 수수알맹이를 개평
떼느라고 등쌀이다. 소 닭보듯 한다더니 저 먹을 것을 마
냥 개평들려도 소는 본숭만숭이다.

소를 저렇게 밥을 주고서 나는 왜 안 주느냐고 외양

간 옆 도야지울에서 도야지란 놈이 몸뚱이를 반이나 울 너머로 내놓고 일어서서 소리소리 지르면서 생떼를 쓴다. 그러는 것을 바둑강아지가, 자식 쌍통 묘하다는 듯이 빈들 빈들 바라다보고 앉아서 웃어쌓는다.

"그샐 못 참아서!"

마침 장손(長孫)네가 혼잣말로 그러면서 동네집에서 쏟아오는 뜨물동이를 머리에 이고 사립문 안으로 들어선다. 바둑이가 냉큼 달려나가 가로 뛰고 모로 뛰고 하면서 좋아한다. 도야지란 놈은, 응 인제는 되었다고, 어서 인제는 일러로 가져오라고, 꿀꿀꿀 점잖이 재촉하면서 연방 코를 벌씸거린다.

밥이 제풀에 잦혀지다 못해 밥탄 내가 흥건히 풍긴다. 곧 구미가 당기게 하는 구수한 밥탄 내다. 장손네는 질겁을 하여 뜨물동이를 아무데나 내려놓고 부리나케 부엌으로 쫓아들어간다. 그만 좀 뻔하다 말고 도야지란 놈이 도로 또 씨악을 질러댄다. 해가 미소를 하면서 갈모봉 마루턱으로 방긋이 솟아오른다.

장손네가 부뚜막에 꾸부리고 서서 밥을 푼다. 입쌀

과 좁쌀이 반반씩이요 깜장 굵은콩이 다문다문 섞인 밥
이다. 그런 밥을 푸되, 한바탕 흐벅지게 푼다. 착착 주걱
으로 여러 번 이겨서는, 퍼서 사발에다 담고 퍼서 담고
퍼억 퍽 한정없이 퍼담는다. 삼층집만큼 높게 퍼담는다.
그래가지고는 주걱을 놓고 손끝에 물을 묻혀가면서 곱
게 고른다. 마침내 두렷하고 키 큰 한 사발의 밥이 되어
부뚜막에 가 처억 놓인다. 실로 어마어마한 밥사발이다.
도회지 사람한테 안겼으면 넉넉 하루 종일을 먹고도 남
겠다.

　　마악 그렇게 한 사발을 푸고 났을 때 그 밥 주인공
장손이가 볏단을 집채 더미처럼 해 지고 들어온다. 아마
여느 일꾼 갑절을 졌나보다. 삼층집만큼 높게 푼 밥을 먹
음직도 하다.
　　볏단 부리는 소리를 듣고 장손네가 마당을 돌려다
보면서

　　"밥 먹어라?"

　　한다.

장손이는 잠자코 볏단에 깔린 지게꼬리를 주르륵 뽑아 사리사리 사리고 섰다가 불쑥

"오남인 어떡허는 심인구?"

"낸들 아니?"

"빌어먹을!"

"보나마나 간밤으 또 술이나 퍼먹구섬 술병이나 앓구 자빠졌을 테지!"

"밥 해먹을 곡식두 모자라 야단이라문서 그 제밀 술은 어쨌다구 해 팔게 마련인구!"

섞어배앝듯 그러면서 장손이는 지게를 걸멘 채 사립문께로 걸어나간다.

"아, 밥 안 먹니?"

아들의 등 뒤에다 대고 장손네가 역정스럽게 소리를 지른다. 장손이는 무어라고 코대답을 하는지 마는지 하면서 그대로 어슬렁어슬렁 걸어나가 버린다.

"자식녀석이 고집이 천생 소란깐! 소허구두 어디서 꼭."

장손네가 혼자 이런 푸념을 하면서 밥 푸고 난 솥에다 숭늉을 붓고 있는데

"솥 낳아놓구서 소라구 탓을 헌담?"

하고 합죽한 소리가 바로 부엌문 밖에서 말참견을 한다. 언제 왔는지, 하얀 점순(點順) 할머니가 뒷짐을 지고 부엌 문지방에 가 지어서서 웃는다.

장손네는 반기면서 일변 소댕을 덮고 마주 나서면서

"난 누구시라구! 어서 오세요!"

"식전새벽버틈 모재 웬 싸움이우?"

"자식두 고집두 하두우 유난헌깐 고만."

"아따 사내자식이 고집두 좀 있어야 헌다우!"

"아 밤새 볏단이 수얼찮이 축이 났죠!"

"볏단이? 을마나?"

"한 이십 단이나 축났대나 바요!"

"온 절 으쩌우? 애탄가탄 농살 져가지구!"

"그리게 말이죠! 그래 글쎄, 저두 속이 잔뜩 아픈 참인데, 이 오남인지 여섯남인진 또 오늘 타작 거달아 주기루 기껏 일 맞추어 놓구섬 실며시 자빠져버리죠! 그래저래 자식이 환 나구 헌깐, 식전내내 날만 가지구 성활 멕히는군요!"

"그게 다아 장가 어서 들여달랏 말이라우!"

"참 그리잖어두 내가 좀 건너간다문서두 가을걷이에 몰려 오늘낼 오늘낼 미루기만 허군. 그래 옥봉(玉峰) 네선 무어래죠?"

"나두 그리잖어두 그 얘길 좀 헐 영으루. 옥봉네가 간밤에 넘어왔구먼!"

"그래서요?"

"궁합두 잘 맞구, 옥봉아범두 마땅헌 양으루 말을 헌다구. 허기야 참 입에 붙은 말이 아니라, 장손이놈만헌 신랑감이 어디 그리 쉬우?"

"쉬우나마나 무뚝뚝허구, 재미라군 한푼에치두 없구 그렇죠 머! 속에든 것두 없구."

"땅 파먹구 사는 농사꾼이 속에 든 건 없으면 좀 어떠우?"

"몸 하나 실허구, 소처럼 끙끙 일 잘 허구 헌깐, 쯧,

164

제 가속 밴 안 곯릴 테지만서두."

"아 시굴 농사꾼으로 게서 더 덮을 게 어딨수? 그거 하난다치면 천하 보배지!"

"제일에 그리구, 말은 아니해두, 가만 볼라치문 저두 퍽 옥봉이가 맘에 있는 눈치구 해서."

"아따 그게 시체 연애라구 허는 거 아니우? 옥봉네두 그리는데, 옥봉 이년두 머 여간 좋알 허잖는대는구랴! 호호호!"

둘이는 어우러져서 한참 웃고 나서 점순할머니가 다시

"그래 다아 참 그렇게 양가가 부모네두 합의가 되구, 또오 저이끼리두 뜻이 맞구 해서 천생 연분은 연분인가 본데, 꼬옥 한가지 딱헌 사정이 있드구면 그랴!"

"그럼 저어."

"옥봉네 말이, 지끔 성편에 혼인을 허자구 와락 나설 수가 없대는 게야! 아 번연히 속내 다아 아는 배, 우리가 농사 한톨을 지우? 따루 모아둔 성세가 있소? 겨우 거저 하루 벌어 하루 먹구 사는 터에 무얼 가지구 딸자식 혼인을 헐 엄두가 나느냐구, 날더러 답답헌 하소연을 허드구랴! 부끄런 말루 딸자식이 나이 열여덟이나 먹두룩 여태 농지기루 옷은커녕 보선 한 켜레 못꼬매 뒀노라문서."

"그런깐 납채루다 돈을 을마 좀 받아야 혼인을 허겠단 그 말일 테죠?"

"그렇지! 딱 잘라 을마라군, 아니해두, 눈치가 거저 돈 백 환이나 받았으면 허는 눈치야. 무슨 딸자식 납채 받아 호강허잔 노릇두 아니요, 인조루나마 옷벌이나 해 입히구 혼인날 동네 사람 청해다 장국이나 대접허구 허재두 아주아주 적게 잡아 백 환 하난 들어야 헐 테니, 당장 우리 터수에 백 환이 어디서 나느냐구."

"쯧, 많이 던 몰라두, 한 백 환 돈이래문."

"백 환이면 해요! 장손네가 무슨 그대지 부자장자라구 며누리 하나 얻는데 납챌 백 원으서 더 주우?"

"그러문요! 우린들 남의 논 몇 말지기 붙인다구 붙인대지만 옥봉네 보담 또 나을 건 그리 있어요? 천행으루 참 송아지 저거 한 마리가 있어서. 저건 또 생길래 생겼나요? 작년 정월에 즈이 외할머니가 임종허시문서, 애비 없이 설리 자란 자식이 이십이 넘두룩 장가두 못 가 가

166

없다구, 당신이 길르시던 암소가 새낄 낳아 마침 젖이 떨어지게 된 걸, 너 가지구 가 길러서 장가 밑천 해라, 그리시문서 주신 거랍니다!"

"홀애비 살림엔 이가 서 말이요, 홀에미 살림엔 곡식이 서 말이래드니 아뭏든 희한헌 노릇야! 그래 저걸 지끔 팔면 한 이백 환 받나?"

"한 삼백 환 받는데나 바요!"

"저거 보겠지. 삼백 환이면 아주 썼다 벗었다 허겠구려? 백 환 저집에 떼주구, 나머지 이백 환 가지구 혼인 못치러?"

"잘허자문 한정이 없지만서두."

"그럼! 시집 장가 호강으루 가구서 후분 존 사람 별루 못 구경했으니!"

"난 그렇게라두 했으면 허지만, 제 소견은 또 어떨는지."

"제 눈에 든 색신데 설마 마대지야 않겠지!"

"이따가 저녁이구, 앉어 의론을 해보구섬 낼 아침이래두 건너가께요!"

"그럭허구랴! 모재 잘 상의해서."

"좀 올라가세요! 무우국해 진지나 좀 잡수시게."

167

"밥은 먹어 무얼 허우? 이댐에 술 석 잔이나 자알 낼 도리 허우!"

"호호호! 술이야 석 잔만 드려요? 다아 참 노이신네가 이렇게 앨 써 주시는데."

그날 석양.

턴 벼를 장손이가 고무래를 가지고 수북하게 긁어 모으고 있다. 우선 이렇게 긁어모아 멍석으로든 덮어두었다 내일 나머지를 마저 털어서 같이 강정을 해가지고 가마니에다 말로 닷 말씩 되어서 담을 참이었다.

아직 강정을 아니해서 북더기가 섞이고 거칠어 보여도 벼알은 까치눈알처럼 굵고 쭉정이도 별로이 없다. 전고에 드문 가뭄이었지만 장손네 모자의 부지런과 정성으로 버젓이 천재를 이겨내고 이만큼 좋은 결실을 보았던 것이다.

"죄외 털문 이럭저럭 스물댓 섬 날까 보우?"

장손이가 짚단을 묶고 있는 모친더러, 소처럼 벌씸
웃으면서 하는 말이다.

벼가 많이 나고 하여 아침나절에 부르텄던 속이 풀
리고 기분이 매우 좋았다.

"스물닷 섬 나구말구!"

장손네는 그러면서 한옆으로 아직도 많이 쌓인 볏
단을 돌아다보다가

"반 조금 더 털었지?"

"반이 다 무어유! 한 거저 삼분지 일이나?"

"그렇다문 얘야 스물닷 섬두 더 날까 보다?"

"작년이 그게 몇 섬이우?"

"도지 열 섬 물구서 떨어진 게 모두 해 열일곱 섬허
구 두어 말"

"잘허문 작년만친 먹겠수!"

모자는 한가지로 만족한 얼굴이면서 잠자코 각기
하던 일을 한다. 이윽고 그러다 장손이가

"올에두 열일곱 섬이 떨어지거들랑 닷 섬만 양식으루 냉기구서 열두섬일랑 죄외 쓸어냅시다? 내문 이백 한 오십 환 잡힐 텐깐 윤칠(允七)네 밭 그거 삽시다?"

"명년 농사돈은 무얼루다 댈늬?"

"빚 좀 쓰구서 명년 농사 져 갚우문 고만 아니우?"

"양식두 그리구 올엔 닷 섬만 냉겼단 모자란다?"

"무어가 모자라우?"

"식구가 하내 늘잖니?"

"식구가."

"올 갈엔 서둘어 혼인을 해여지 아니해?"

"!"

장손이는 그 말에야 벌씸하고 소처럼 또 웃고 나서 한참 있다가

"보리 좀 더 보태 먹으문 그 턱이 그 턱 아니우?"

"아까 참, 저 건너 점순할머니가 오셌드라?"

" …… "

"옥봉네서두 다아 가합헌 양으로 말을 헌다구."

" …… "

"그래두 성편이 하두 어려서 와락 혼인을 헐 엄둘 못내 헌다구."

　"그럼 돈을 내란 말 아니우?"

　장손이는 단박 볼먹은 소리다.

　장손네는 아들을 더치지 아니하려고, 다독거리듯 좋은 말로

　"가난허니 어떡허느냐?"

　"누가 가난허랬나?"

　"많이두 말구, 한 백 환 납채 보내문 헐까 보드라?"

　"백 환이 어딨수?"

　"저 송아지 있지 않니?"

　"일없어요!"

　"일없긴 무어가 일이 없니?"

　"암소 팔아 기집애 사오는 놈이 어딨수?"

　"내 온, 듣다듣다 벨 따그랑이 같은 소리두 다 듣겠구나! 걸 다 말이라구 허니?"

　"저 손 그리구 암소래두 소가 좋아서 두구 부리문

171

십 년 하난 부릴 솔 무어가 답답해 팔우?"

"드끄러! 손 제마다 부리는 줄 아나베!"

"걱정 마시우!"

"괜히 고집 쓰지 말구, 나 허는 대루 보구만 있어요!"

"대갈통이 깨져두 암소 팔아 기집앤 안 사와요."

"네가 정녕 에미 속을 이렇게 태워 줄 테냐?"

닷새가 지나서 낮때만 하여.

장손이가 산모롱이 밭에서 보리씨 뿌린 것을 쇠스랑
으로 긁어 덮고 있는데등 뒤에서

"장손이냐?"

하고 부른다. 음성만 들어도 벌써 오남이다. 장손이
는 속으로, 게으름뱅이가 어떡허다 산에 가서 땔나무나
괴나리봇짐만큼 한 짐 해서 지고 내려오는 거동이실 테
지야고쯤 돌려다보려고도 않고 대답도 않는다.

오남이는 장손이가 못 알아들은 줄 알고서 재우쳐

커다랗게

"장손이여?"

"아마 그런가 보에!"

"담배 가졌니?"

"미안허이!"

"증말?"

"증말 미안헐 건 없구."

"자식 승겁긴!"

"담배 가지구 있다 선뜻 한 개 줬으문 짭짭헐 뻔했지?"

"말허는 뻔새가 승겁단 말야, 자식아! 자식이 저렇게 승겁구 멋대가리가 없은깐 옥봉이 기집애두 절 마대구서 바람 잡으러 실 뽑는 공장으루 간대지!"

"자반고등언 기집애가 줄레줄레 따라 죽을 지경이 겠네?"

장손이는 말은 그렇게 태연히 하면서도 속으로는, 옥봉이가 저허구 혼인을 못하게 된 김에 실뽑는 공장으로 뽑혀가리 어쩌리 한다드니, 노상 빈말은 아닌가 보다

하였다. 화가 더럭더럭 나나 마치 중이 장엘 왔다 소나기를 맞구서 난 화 같아서 얻다 대고 부르댈 곳조차 없는 화였다.

　바로 그날 석양때.
　옥봉이가 길 옆 목화밭에서 따고 남은 목화대를 꺾고 있다. 장손이가 빈 지게에다 빈 옹퉁이와 쇠스랑을 얹어서 지고 흐느적흐느적 그 옆길로 걸어 오고 있다. 장손이는 조용히 만난 김에 부디 할 이야기가 있기는 있는데, 전과 달라 어쩐지 섬뻑 말이 붙여지지 아니하려고 하였다. 옥봉이가 보고도 짐짓 못본 체하는 것 같아서 더구나 주몃주몃하고 오갈이 들었다.

　털썩, 옹퉁이를 일부러 떨어뜨렸다. 안 보는 체하면서도 죄다 보고 있었든 지, 옥봉이가 뾰로통한 소리로

　"옹퉁이가 요술허든감!"

　이렇게 튼다.
　장손이는 할 수 없이 히죽 웃고는, 지게를 받쳐 세우

174

면서

　"너 바람 잡으러 간다문서?"

　"바람을, 잡으러 가거나 놓치러 가거나 무슨 상관이여?"

　"어째 상관이 아니어?"

　"앞자락두 넓기두 허네!"

　"목화대 내 다아 걷어서, 져다 주께시니, 실 뽑는 공장 가지 마라, 응?"

　그러면서 장손이는 밭으로 내려가더니 우직우직 목화대를 잡아뽑기 시작한다.

　옥봉이는 물끄러미 바라다보면서

　"그러는 새, 나 같으믄 어여 가서, 그 잘난 암소, 봉양이래두 허겠네!"

　"허긴, 네 따위가 암소 한 마리만 허다디?"

　"누가 아니래? 제발 그 암소 조상처럼 위해 앉혀두구서 한평생 살겠지!"

175

"너 입잣 그렇게 함부루 놀리는 법 아니다?"

"흥, 나두 공장 가서, 돈 좀 벌어서, 누구 보아란 드끼, 난 큰 황솔한 바리 사놀걸!"

"그래, 황소 사서, 황소헌티루 시집 갈늬?"

"이 수언!"

소리와 함께 큰 흙덩이를 단 채, 목화대 한 포기가 휙 날아와 장손이의 꾸부린 옆구리를 털썩 갈긴다. 옥봉이는 그러고는, 아마 우는지, 한편 손으로 눈을 우디고 마을을 향해 허둥거리며 달린다.

집으로 돌아온 장손이는, 외양간 앞에 가 뒷짐을 지고 서서, 곰곰이 소를 바라다본다. 밀끔한 게 털은 윤이 치르르 흐르고, 통통히 살이 졌다.

마당에서 조를 토드락토드락 털고 있던 장손네가 마침 생각이 나서

"음전(音全)네서, 낼 보리 묻는다구, 일 하루 해달라구 왔드라?"

한다. 장손이는 그대로 섰는 채, 한참만에

"낼 일 못가요!"
"무엇허게 못 가니?"
"장에 가요!"
"장엔 무엇하러 가니?"
"소 팔러 가요!"
"?"

장손네는 의아스러이, 아들의 등 뒤를 바라다본다.
그러다 문득 그 뜻을 알아차리고는, 빙긋 혼자서 웃는다.
그러나 이내 시침하고

"손 무얼 허게 파니?"
"낼 아침이나 일찍 해주시우!"

그러면서 장손이는, 모친하데 얼굴을 돌리지 못하고
슬금슬금 사립문으로 걸어나간다.

"암소 팔아 기집애 사오는 놈두 있다듸?"
"박장손이요!"

"대갈통이 깨져두, 암소 팔아 기집앤 안 사온대 드니?"

"갈비 부러질 뻔했다우!"

조금 있다 장손네는, 일하던 것도 팽개치고서, 중매서는 점순할머니한테를 건너가기에, 치마꼬리에서 사뭇 바람이 인다.